Pam Gonçalves
Bel Rodrigues
Hugo Francioni
Pedro Pereira

o amor nos tempos de #likes

RIO DE JANEIRO
2016

CIP-BRASIL. CATALOGAÇÃO NA PUBLICAÇÃO
SINDICATO NACIONAL DOS EDITORES DE LIVROS, RJ

A54
2ª ed.

O amor nos tempos de #likes / Pam Gonçalves... [et. al.]. - 2. ed. - Rio de Janeiro: Galera Record, 2016.

ISBN: 978-85-01-07558-1

1. Ficção brasileira. I. Gonçalves, Pam. II. Título.

16-32397

CDD: 028.5
CDU: 087.5

Copyright © 2016 Pam Gonçalves, Bel Rodrigues, Hugo Francioni, Pedro Pereira

Todos os direitos reservados.
Proibida a reprodução, no todo ou em parte, através de quaisquer meios.
Os direitos morais dos autores foram assegurados.

Projeto gráfico: TypoStudio

Texto revisado segundo o novo Acordo Ortográfico da Língua Portuguesa.

Direitos exclusivos desta edição reservados pela
EDITORA RECORD LTDA.
Rua Argentina, 171 - Rio de Janeiro, RJ - 20921-380
Tel.: (21) 2585-2000.

Impresso no Brasil

ISBN: 978-85-01-07558-1

Seja um leitor preferencial Record.
Cadastre-se e receba informações sobre nossos lançamentos e nossas promoções.

Atendimento e venda direta ao leitor:
mdireto@record.com.br ou (21) 2585-2002

AGRADECIMENTOS

Oi, gente! Apesar de cada um de nós ter escrito a sua história, nós decidimos escrever esses agradecimentos juntos, pois foi muito importante o apoio de tanta gente enquanto estávamos desenvolvendo o livro (e pirando um pouquinho). Primeiro de tudo, gostaríamos de agradecer aos nossos familiares, por todo o suporte. Aos amigos nomeados "Retirantes", um enorme obrigado pelas infinitas conversas, desabafos e parceria de sempre. Os nossos retiros, com certeza, formaram a base da nossa amizade e nos renderam boas histórias para contar.

À ferramenta que fez nossa união e escrita se fortificar: obrigado, Google Hangout! O que seria do nosso desespero se não pudéssemos adicionar máscaras de cachorros, coroas de princesas e tapa-olhos de piratas na cara um do outro durante nossas conferências para discutir as histórias? Nessas madrugadas muitas vezes tivemos medo de que os vídeos e as conversas se tornassem públicos!

Um obrigado especial à editora Galera Record, toda a sua equipe e a incrível Ana Lima. Nunca pensamos que um dia poderíamos ser convidados para participar de um projeto tão legal quanto esse. É muito gratificante nos sentir acolhidos e saber que vocês acreditaram em nós! À nossa agente literária Gui Liaga, que não hesitou em nos ajudar durante todo este processo e acalmou nossas mentes inquietas (mesmo quando nos ameaçava com prazos e emojis de unicórnios).

A faculdade, por ter nos unido e por fazer nossa amizade acontecer. Depois de muitas dúvidas do que seríamos, quem diria que poderíamos contar para todo mundo que um sonho estaria se realizando: estamos lançando um livro!

Aos clássicos literários que nos tornaram leitores e, agora, escritores. A todos os autores que deram asas à nossa imaginação, deixando nossa vida mais colorida e completa. É paradoxalmente difícil agradecer apenas com palavras por tantos anos e por tantas vidas que já vivemos junto de seus personagens.

E, por fim, mas nunca menos importante: aos nossos inscritos dos canais do YouTube. Pelo apoio que sempre nos deram, por nos incentivarem sem nem ao menos perceber. Sem vocês, nada disso seria possível; não desistam de seus sonhos nem por um segundo. Acreditem, existe muita gente maravilhosa apenas esperando pessoas como vocês para apoiá-los.

Pam, Bel, Hugo e Pedro

Próximo destino: Amor

Pam Gonçalves

CAPÍTULO 1: *Liz*

Aquele olhar. De novo. Eu já havia passado por isso muitas vezes e deveria saber lidar com esta situação: o olhar do eu-sei-quem-você-é, ou melhor, minha-filha-sabe-quem-você--é-ela-vai-surtar. Os mais velhos geralmente faziam isso: encaravam, se perguntavam se realmente eu era "a garota dos vídeos na internet" e, se fossem um pouco mais corajosos, pediam uma foto ou mensagem de áudio para enviar para quem realmente me conhecia. Como o taxista não diz nada, eu apenas sorrio para disfarçar o constrangimento e peço:

— Para o Aeroporto de Congonhas, por favor.

O homem concorda e volta a atenção para os carros a sua frente. Olho pela janela e observo o trânsito que terei que encarar. São Paulo está como é: muita chuva e muito carro.

Eu amo esta cidade por mais que todos digam o contrário. Sinto falta da minha família, é claro, e é por isso que estou indo para o aeroporto. Mas ainda assim tenho absoluta certeza de que esta cidade cinza é o meu lugar.

— Moça, acho que vai demorar um pouquinho — avisa o taxista enquanto me observa pelo retrovisor.

— É, imagino que sim — respondo, conformada.

— Tão dizendo na rádio que a chuva vai piorar. — Ele tenta continuar a conversa nada positiva, mas eu apenas concordo e pego o celular para conferir os comentários da última foto postada no meu perfil do Instagram.

Souza_mila: Sem querer ofender, mas você tá ficando gordinha, né?

RafaSouto: Cadê a @luizaDoBlog? Vocês brigaram?

Cristiiina: Liz, não liga pra esses comentários tentando te deixar triste. Nós te amamos <3

aIngrid: Aff, não posso nem expressar minha opinião que vocês já dizem que quero ofender. Tá gorda, sim. É fato, não tô inventando nada.

ManuGoes: Me segueeee Liz, pls.

Sinto falta da época em que eu que não era uma "celebridade da internet", quando tinha apenas começado a postar vídeos. Os comentários eram construtivos, e eu podia fazer o que quisesse sem me importar com o que as pessoas falariam de mim.

Uma lágrima está quase impedindo que eu consiga ler o que está na tela, então fecho o aplicativo e respiro fundo para voltar à realidade. A internet é cruel demais para quem não sabe lidar com os comentários.

Com uma vida dessas não tem nem do que reclamar.

É isso que eu sempre leio nas entrelinhas dos comentários dos meus vídeos, fotos do Instagram ou em respostas do Twitter. Todo mundo pensa que eu sempre estou feliz e de bem com a vida. Que ganho tudo e, principalmente, que não tenho o direito de reclamar de nada. Na verdade, parece que apenas as pessoas têm o direito de reclamar de quem eu sou, se escondendo por trás de um nome virtual qualquer.

É uma responsabilidade e tanto aos 19 anos estar entre os jovens mais influentes do país. E não sou nem eu quem disse, mas, sim, duas revistas que saíram no último mês.

Minha mãe havia ligado para me parabenizar pelas matérias. Afinal, ela assina uma das revistas e acredita piamente no que lê nos textos. Parece que ela está reconhecendo algum valor na minha decisão afinal.

Seu discurso mudou de hobby-sem-futuro para parece-que-as-pessoas-ficam-ricas-fazendo-isso.

Obrigada, mãe.

O táxi mal havia percorrido um quilômetro e o meu celular começa a tocar. É a Paula, minha assessora.

— Oi, Paula.

— Oi, Liz! — cumprimenta ela rapidamente, pronta para ir direto ao assunto. — Seguinte: temos um vídeo pra amanhã, que precisamos soltar. É aquela ação de Dia dos Namorados. — Ela tenta me lembrar. — Tem que sair amanhã. Tá tudo certo, né?

Droga. Eu havia esquecido completamente! O barulho do trânsito preenche o meu silêncio.

— Liz? — chama Paula, apreensiva. — Você não gravou?

— Humm... — Não consigo admitir.

— Poxa, Liz! Não podemos perder esse cliente! — Ela fala tão alto que preciso tirar o celular do ouvido. Então repete: — Não podemos perder esse cliente, ok? É uma grande chance! Todos gostariam de estar no seu lugar.

Todos gostariam de estar no meu lugar. Todos. Sempre isso.

— Paula, eu vou fazer, ok?

— Você não pode furar, Liz — alerta. — Não posso negociar de novo. Você é uma das maiores youtubers do Brasil, mas ninguém está no topo pra sempre.

— Eu vou fazer, tá bom? Estou indo para o aeroporto agora, devo chegar na casa dos meus pais no final da tarde, gravo ainda hoje e te envio.

— Certo. Você lembra o que é para fazer? Uma mensagem simples sobre o que você pensa sobre o amor.

Lamento em silêncio só de lembrar o tema do vídeo. Não é que eu seja uma menina com coração de pedra. Só não vejo tanta importância assim no amor e em relacionamentos.

— Tudo bem — confirmo.

— Por favor, Liz.

— Eu falei que consigo.

— Então tá bom, boa viagem.

Eu me despeço e observo que o táxi voltou a se movimentar em uma velocidade constante, mesmo com as ruas começando a acumular água. Tento voltar à realidade e pensar no que é importante.

Certo, tenho que planejar esse vídeo. Um vídeo sobre o amor. O que eu poderia falar sobre isso? Certamente os vídeos de comportamento não são os meus favoritos. Gosto de dar dicas reais, e não conselhos terapêuticos — um filme bacana que está em cartaz no cinema ou no Netflix, aquela sorveteria incrível que abriu há um mês em São Paulo, ou até mesmo aquele jogo de celular viciante para passar o tempo na fila do banco.

Quando penso em pegar o notebook para começar o roteiro, lembro que o deixei dentro da mala que está lá atrás, no porta-malas do carro.

Nada está dando certo hoje. Jogo a cabeça no encosto do banco, derrotada. O que pode piorar?

～ᘓᘓᘓ～

Demora quase uma hora para chegar ao aeroporto, fazer check-in e despachar a bagagem. Tudo que eu mais quero é poder me sentar, abrir o notebook e começar a trabalhar. O problema é que nem os supervisores dos raios x estão de bom humor hoje.

— Se prepara que vai ficar lotado — diz uma moça de uniforme azul para a colega, sem nem se preocupar com quem poderia ouvir.

— E não é sempre assim? — desdenha a outra.

— Os voos estão começando a atrasar por causa da tempestade — explica a primeira. — Vai piorar...

Ela olha para mim. Eu sorrio educadamente enquanto passo pelo detector de metal, ou como costumo chamar, o portal da dúvida. É sempre uma loteria quando aquele negócio vai apitar.

Calço os sapatos novamente e reúno as coisas que havia colocado na bandeja.

Atraso de voo! É tudo de que eu preciso! Saí cedo para evitar um atraso por causa do trânsito e aparentemente esqueci que os aeroportos também poderiam ser problemáticos.

Tudo bem, só preciso encontrar um lugar para sentar, de preferência perto de uma tomada e antes que o salão de embarque comece a ficar lotado.

Caminho entre os primeiros portões e logo percebo que todos pensaram a mesma coisa. Não consigo encontrar nem ao menos um assento vazio, nem mesmo nas lanchonetes caríssimas.

Suspiro ao lembrar que as coisas poderiam, sim, piorar. Fico sem saber o que fazer e começo a ouvir algumas palavras abafadas à minha direita. Tento enxergar pela visão periférica e entendo na hora.

Um grupo de três meninas está cochichando e encarando. Eu olho diretamente para elas, que se assustam. Para resolver a situação, apenas sorrio, gentil. É o bastante para que soltem gritinhos de ansiedade e venham correndo na minha direção.

— Ai, meu Deus! É você? — Uma delas me encara, os olhos arregalados.

Elas aparentam ter uns 12 anos e eu logo desvio o olhar em busca de algum adulto responsável. Percebo uma mulher de uns 40 anos a cerca de cinco metros dali, esperando pelas meninas.

Por mais que o meu dia esteja uma merda, para essas garotas pode ser um momento único. E por isso não posso deixar transparecer o quanto estou frustrada. Dou o meu melhor sorriso e digo:

— É claro que sou eu! Tudo bem com vocês?

CAPÍTULO 2: *William*

Um pequeno tumulto começa a se formar em um dos corredores do salão de embarque e isso chama a minha atenção. Não só a minha como a de todas as outras pessoas no local.

Um grupo de meninas bastante animadas cerca uma outra pessoa que não consigo enxergar. Elas dão gritinhos de vez em quando e ficam pulando. Adolescentes. Isso me lembra de que poderia ser a minha irmã ali.

Volto a olhar para o celular, e ele começa a apitar com notificações frenéticas de mensagens. É a minha ex-namorada. Ela ainda não havia se cansado de tentar reatar e não sei muito bem como fazer com que pare.

Suspiro, cansado de tanta insistência e disposição para remoer um assunto que já está mais do que morto. O celular volta a apitar, o que me irrita, mas, ao percorrer os olhos pela tela percebo que é a minha irmã.

> Tira essa louca da minha vida pelo amor de Deus!

Nem preciso perguntar de quem ela está falando. Fica claro que é a Carol. Giovana é tão doce e amável; quando chama alguém de louca só pode se tratar da minha ex, que, pelo jeito, além de encher o meu saco, também está perturbando a minha irmã.

> Ela tá me mandando mensagens há horas perguntando se você vai passar o feriado aqui na cidade. Você tem noção?

Sei que a culpa é minha, mas também estou ciente de que não sou forte o suficiente para enterrar as coisas definitivamente. Quem diria que eu, com 23 anos, receberia conselhos da minha irmã de 14?

> AI MEU DEUS! Ela tá falando que EU preciso de companhia!

> Não é porque eu tenho que ficar em uma cama de hospital que preciso aguentar a chata! Tô muito bem vendo meus youtubers favoritos nessa internet milagrosa do hospital.

A última mensagem me atinge. Mais uma vez não estou ao lado da minha irmã durante um dos seus procedimentos, mais uma vez tive que pedir ajuda de outras pessoas para ficar no meu lugar. Mais uma vez estou me sentindo mal por não ser responsável o suficiente por ela depois que os nossos pais faleceram.

Não estou cumprindo a minha tarefa. As coisas ficaram difíceis e eu precisei escolher uma prioridade. Os negócios da família precisam da minha atenção, porque só assim posso pagar o tratamento da minha irmã. O que não me impede de ficar com remorso por perder a companhia da Giovana e por não estar ao seu lado nos momentos mais difíceis. Ela é frágil, mesmo que diga ou transpareça o contrário.

> Aliás, a minha youtuber favorita, a Liz, falou no Snapchat que vem pra Floripa visitar os pais dela! Acredita? Se eu não tivesse que ficar aqui, com certeza rodaria essa cidade inteirinha atrás dessa garota pra tirar uma foto.

Não consigo impedir que um sorriso tímido se forme depois de ler a mensagem. Essa é a minha irmã. Por mais que tudo esteja difícil, ela encontra uma forma de se sentir melhor. Talvez eu esteja errado e ela seja a mais forte.

As coisas começam a ficar um pouco mais turbulentas no corredor principal do salão de embarque, em vez de três meninas, agora tem umas dez rodeando a pessoa misteriosa. Eu me pergunto se é alguma estrela da TV ou cantor famoso. Estou por fora de tudo desde que precisei me dedicar à empresa. Nada de hobby, nada de passar tempo fazendo nada, então mesmo que eu veja quem é, o mais provável é que não reconheça.

Recebo novas mensagens e fico apreensivo mais uma

vez achando que é Carol. O alívio me invade quando percebo que são mais algumas mensagens da Giovana.

> WILLIAM DUARTE! Por que você tá lendo minhas mensagens e não tá falando nada? Tá AZUL, Wil, AZUL!

> Vou bloquear essa chata!!!

> Calma, Gio. Vou resolver isso, ok? Daqui a pouco tô chegando aí. Bjo

— Atenção, todos os passageiros. — Uma voz sem emoção e quase robótica saindo dos alto-falantes do aeroporto desperta as pessoas do salão de embarque. — Informamos que devido ao mau tempo, o aeroporto está fechado para pousos e decolagens. Em breve voltaremos com mais informações.

— Não é possível! —Tomo um susto com os gritos de uma mulher que está sentada do meu lado esquerdo. — É por isso que esse país não vai pra frente! Viu só?

Dessa vez ela dirige a pergunta para mim, mas eu apenas a encaro, surpreso. Ela suspira, desapontada com a minha reação, e sai rapidamente em direção a um dos balcões da companhia aérea, arrastando uma mala de mão bastante chamativa.

E é o suficiente para o caos. Todo mundo parece enlouquecer por causa do fechamento do aeroporto.

CAPÍTULO 3: *Liz*

Depois de muitos abraços, sorrisos, vídeos para o Snapchat, áudio para o grupo do WhatsApp e fotos para o Instagram, as meninas me deixam sozinha novamente. Algo mudou, na verdade. Começo a pensar em uma delas, que havia pedido para que eu enviasse um áudio para o grupo do fã-clube. Uma de suas amigas está passando por um período difícil no hospital e, segundo ela, os meus vídeos ajudam na recuperação. Quase chorei enquanto enviava palavras positivas e agradecia todo o carinho e apoio.

São coisas como essa que me fazem seguir em frente, acreditar nos meus sonhos. Confiar que o que faço não é bobagem ou perda de tempo, como muitos dizem. Várias vezes já tive vontade de desistir e simplesmente jogar tudo para o alto. É tentador demais apenas deixar o mundo virtual de lado e seguir o que as pessoas esperam de mim.

Minha mãe vive me falando de como minhas irmãs vão se dar bem na vida: estudaram, encontraram um emprego, jamais deixariam Florianópolis e possuem tudo para ter bons casamentos. Terão famílias maravilhosas e serão felizes. Enquanto eu estou sendo a louca, arriscando o futuro em "algo que obviamente não dará certo" ou "será passageiro".

Essas pessoas podem até estar certas sobre o meu futuro. Mas sei que não nasci para esse tipo de vida, com os mesmos planos insossos, e é cansativo demais tentar convencer a todos o tempo todo. É por isso que eu me esqueço das coisas ruins quando percebo que faço a diferença na vida de alguém.

Olho para os lados e vejo um aeroporto ainda mais cheio do que quando eu havia passado pela segurança. As pessoas estão agitadas e algumas até gritam e vociferam com funcionários do aeroporto. Pelas janelas de vidro, percebo que a chuva aumentou bastante, o céu está cinza-escuro. Isso me lembra do que as fiscais dos raios x disseram. Parece que elas estavam certas, e eu, cada vez mais azarada. Um *job* atrasado, uma agente brava, uma mãe insatisfeita e uma viagem pela frente que demoraria um bom tempo porque a cereja do bolo havia acabado de ser adicionada: aeroporto fechado.

Resolvo ligar para os meus pais para avisar do atraso antes que eles comecem a me ligar. Meu pai pode ser a pessoa mais tranquila do mundo, mas minha mãe é outra história. Melhor acalmá-los antes que acabem brigando. O difícil será encontrar algum lugar que não esteja ocupado. Se já tinha sido difícil mais cedo, imagina agora.

Uma movimentação que começa a se formar em um dos balcões da companhia aérea do voo chama a minha atenção. Uma mulher bem vestida gesticula e grita para uma das atendentes que, não sei como, permanece imóvel ouvindo com muita calma. Agradeço mentalmente por aquilo ter me chamado atenção, porque naquela direção localizo um milagre: um assento vazio.

Um pouquinho de sorte finalmente, já era hora!

Apressadamente, caminho em direção ao lugar vazio antes que qualquer outra pessoa pense em fazer o mesmo. Suspiro de alívio ao sentar e reparo que o cara do assento à direita parece bem ocupado enquanto lê algo no celular. Que bom, pelo menos não parece do tipo que conversa. Não estou muito a fim de bater papo. Preciso fazer uma ligação para os meus pais e tentar bolar algo para o vídeo.

Procuro o celular na bolsa e, quando o encontro, torço para que a tempestade não tenha bloqueado o sinal também Com a minha sorte, não seria impossível.

A chamada se completa e alívio e apreensão se misturam quando começa a chamar. Alívio por poder avisar a minha mãe e evitar algum transtorno, e apreensão porque falar com ela por telefone é sempre muito exaustivo.

— Liz? — Uma voz feminina atende no segundo toque, mas não é a minha mãe. — Já chegou?

— Oi! — respondo, animada. É a minha irmã mais velha. — Ainda não, vou ficar presa no aeroporto por causa de uma tempestade. Devo chegar bem mais tarde.

— Ah, não acredito! — lamenta ela. — Você vai furar comigo de novo! Estava esperando que você chegasse a tempo de conhecer o Caio.

Caio. O novo namorado da Jana. Ela não para de falar dele desde que se conheceram na faculdade.

— Mas eu não tenho culpa. — Tento amenizar a situação. — Tenho certeza de que a gente pode se conhecer amanhã, né?

— Terei que ver, porque ele vive para esse trabalho — responde ela, incerta. — Mas acho que consigo ser convincente. — Tenho quase certeza de que ela está sorrindo de forma apaixonada do outro lado da linha.

Antes que eu diga qualquer coisa escuto minha mãe pedindo para Jana passar o telefone para ela.

— Fala com a mãe, senão ela me mata! — Minha irmã se justifica. — A gente combina tudo depois!

Não consigo responder dessa vez, porque minha mãe logo vocifera:

— Liziane! Que história é essa de você chegar mais tarde?

— Tô presa no aeroporto de São Paulo. — Prefiro explicar tudo logo. — Acabaram de fechar por causa da tempestade. Liguei só pra avisar e preciso desligar por causa da bateria.

Eu mordo a língua pela mentira, já que estou sentada ao lado de uma torre de tomadas.

— Minha filha, poderia ter mandado mensagem se fosse só para avisar e não querer conversar com a própria mãe!

Tenho quase certeza de que a voz exasperada dela havia sido ouvida pelas pessoas a minha volta, então dou uma olhada insegura para o-cara-do-celular. Ele com certeza ouviu, pois desvia rapidamente o olhar com a testa franzida. *Era só o que me faltava!*

Certo, eu deveria ter previsto a reação, mas sabia que, se mandasse apenas uma mensagem, seria taxada de insensível do mesmo jeito, ou pior, a mensagem poderia nem mesmo chegar, e aí sim eu iria escutar.

A confusão no balcão da companhia aérea começa a ficar mais tensa, e assim eu arrumo um bom motivo para desligar.

— Mãe, tá uma confusão enorme aqui e eu realmente preciso desligar.

— O QUÊ? Você não vai fazer isso comigo — grita mais uma vez. — Além disso, preciso contar as novidades sobre o filho do primo do seu pai, que vai passar o final de semana aqui também. Ele é muito rico, sabe?

Ela continua a falar sobre o cara solteiro querendo conhecer a cidade e que eu poderia ser a guia, mas paro de prestar atenção.

— Mãe! Não sou guia turística e preciso trabalhar também, ok?

— Mas, querida, ele é um gato! Vai herdar toda aquela fábrica de cerveja do seu tio — conta, maravilhada.

Reviro os olhos com o comentário. Seria um longo final de semana com mais uma tentativa de empurrar um cara rico para cima de mim. Como se eu realmente precisasse de mais essa.

— Tá, a gente conversa depois. Preciso desligar. Beijo, tchau. — Não espero que ela responda e encerro a ligação.

Suspiro massageando as têmporas enquanto me jogo no encosto. É cansativo demais.

— Você não deveria falar com a sua mãe desse jeito.

É o-cara-do-celular.

Olho para ele sem acreditar em tamanha audácia. Quem ele pensa que é para dar conselho? Será que ele me conhece? Eu realmente não preciso de mais rumores sobre a minha vida na internet. Já estou acostumada com mensagens nas redes sociais falando sobre como eu deveria me vestir, falar ou fazer, mas isso é na internet. Ninguém tem o direito de falar sobre a minha vida pessoal, ainda mais um cara totalmente desconhecido e bem inconveniente.

— O quê!? — digo sem ter condições de falar qualquer outra coisa para o intrometido. Quem ele pensa que é?

Enquanto ele estuda o que vai responder, eu o observo mais atentamente dessa vez. Ele não deve ter mais do que 20 anos, mas carrega um ar de cansaço; as roupas de escritório não combinam com ele. A cabeça raspada e olhos castanhos que, por mais que ele se mantenha neutro, denunciam um sentimento de preocupação e tristeza. Os olhos destoam da imagem que ele quer passar e isso me confunde, até mesmo me distrai.

— Sua mãe. Você não deveria falar com ela desse jeito — repete ele.

Eu olho confusa, pois por alguns segundos havia me esquecido do que estávamos falando.

— E o que você tem a ver com isso mesmo? — pergunto sem esperar por uma resposta. — Ah, é! NADA!

Os olhos castanhos, que até pouco tempo transmitiam algum conforto, ficam opacos.

— Não tenho nada a ver com isso — admite. — Só achei que... — Ele encara as mãos por algum segundo, endurece o maxilar e completa: — Quer saber? Esquece.

Fico tão confusa com o comentário pela metade, que minha irritação pela intromissão é substituída por irritação de curiosidade. Se tem uma coisa que eu não gosto é que comecem a falar e não terminem.

Ameaço responder, mas as palavras não saem da minha boca. Quando percebo que ele já voltou a mexer no celular, não me parece mais uma boa ideia continuar aquela conversa. Nem pela curiosidade.

Ficamos em silêncio. Eu pensando no que poderia dizer, mas orgulhosa demais para voltar a falar qualquer coisa.

CAPÍTULO 4: *William*

Eu sei que não deveria ter me metido na conversa dela. Onde que estava com a cabeça? Ela provavelmente acha que sou um louco sem noção. Não sou de puxar conversa em lugares públicos e muito menos de me meter em assuntos pessoais de desconhecidos. Sou mais observador. Você conhece muito mais sobre as pessoas se parar para olhar.

O problema foi que não consegui me segurar ao escutar a conversa. Não que eu realmente quisesse fazer isso, mas provavelmente todo mundo em um raio de quatro metros deve ter escutado. A questão é que me sinto muito mal por ver as pessoas desperdiçando a chance que têm. Eu já não posso mais falar com a minha mãe, telefonar ou dar boa-noite. E seria capaz de fazer qualquer coisa por um momento desses.

Não conheço essa garota, mas percebi que ela não se dá muito bem com a mãe nem com o editor de textos do seu computador, a julgar pelo modo como bate os dedos no teclado furiosamente. Já escreveu e apagou várias vezes, suspirando de frustração como se nada fosse bom o suficiente. Acho graça por um segundo, mas tenho medo de comentar e acabar levando um soco na cara.

— Eu não sou assim, tá? — diz ela sem tirar os olhos da tela em branco e então olha para mim. — Não sou assim sempre. Eu amo minha mãe. Só...

Sem completar a frase, ela volta a encarar o computador e digita algumas palavras freneticamente. Eu tento ler, mas para isso teria que me inclinar para o seu lado e não quero ser conhecido como intrometido E curioso.

— Só não sei lidar com pressão — conclui ela, dando uma pausa na escrita.

— Ninguém sabe muito bem.

É a única coisa que consigo responder sem que fique constrangedor demais. Por algum motivo estranho, eu gostaria de desabafar sobre a vida para aquela completa desconhecida. Talvez precise disso, já que não consigo falar com mais ninguém depois que meus pais faleceram. Já me recomendaram terapia, e tentei duas sessões, mas não funcionou. Não consigo me abrir com ninguém. E é por isso que acho estranho a minha vontade de conversar com ela sobre assuntos tão pessoais.

Penso em como começar a falar e até ensaio algumas frases na cabeça, porém logo desisto. Ninguém precisa lidar com os meus problemas além de mim mesmo.

O aviso dos alto-falantes interrompe meus pensamentos.

— Senhoras e senhores, o aeroporto continua fechado. Pedimos que mantenham a calma. Em breve tudo será normalizado. Lembramos que a suspensão dos voos é para a sua segurança. Obrigado.

Os funcionários do aeroporto parecem não conhecer a

lei da calma: quanto mais se pede calma, menos calma as pessoas vão ter. E é exatamente o que acontece. A mulher que estava sentada ao meu lado volta a brigar com a pobre atendente.

— Isso é um absurdo! Vou chegar atrasada para um compromisso importantíssimo! Vocês não podem simplesmente fechar o aeroporto!

— Senhora, é para a segurança de todos os passageiros — diz a moça sem alterar a voz. — A tempestade continua forte e atrapalha a visibilidade.

A moça da companhia aérea aponta para o vidro que mostra a pista do aeroporto, mas a mulher desdenha da situação.

— Ah, é só uma chuvinha! — Ela gesticula em direção ao lado de fora do aeroporto e começa a chorar. — Você não tá entendendo! Ele vai me pedir em casamento! Sabe quanto tempo eu esperei por isso? CINCO ANOS!

Todas as pessoas daquela área do aeroporto agora estão prestando atenção. Até mesmo a garota ao meu lado parou de brigar com o notebook.

A atendente não parece saber muito bem o que fazer com a mulher descontrolada que agora não está mais gritando, mas, sim, chorando muito. Ela oferece um dos seus lenços e pergunta se ela não gostaria de uma água com açúcar para se acalmar. A mulher não responde; só consegue chorar e resmungar, mas acompanha a moça entre a multidão que já se acumulou na sala de embarque.

— As pessoas dão tanta importância pra casamento!

— Eu penso, e só percebo que estou falando em voz alta quando sinto que a garota ao meu lado volta a me encarar.

— Você não? — pergunta ela num tom irônico. — Vai dizer que não é o seu sonho entrar na igreja e ficar amarrado a outra pessoa por uma assinatura e uma aliança? — Ela então sorri e me dou conta de que gosto desse sorriso.

— Só acho que tem coisas mais importantes do que assinar um documento ou dar uma festa.

O casamento havia sido um dos motivos para eu terminar o namoro. Depois da morte dos meus pais, a Carolina achou que já estava mais do que na hora de casarmos. Eu, recém-formado em Administração, com a responsabilidade de assumir a empresa da família com 20 e poucos anos, guardião da irmã adolescente que enfrenta uma batalha contra a leucemia e ainda amarrado a um casamento e prestes a iniciar uma nova família? Era demais.

Muitos disseram que eu era louco. Que a Carolina poderia me ajudar a passar por essa fase difícil, mas, se tinha uma coisa que eu podia afirmar, é que ela não me ajudaria em nada. Na verdade, só pioraria tudo. Ela quase me deixou louco por causa de uma festa de formatura, então nem consigo imaginar o que faria com um casamento nas mãos.

A garota ao meu lado balança a cabeça, concordando com o que eu havia dito, e volta a escrever no notebook. Eu não consigo entender por que hoje meus pensamentos simplesmente não param dentro da minha cabeça.

Ficamos em silêncio por alguns minutos, então deduzo que a conversa está mais uma vez encerrada. Tento não pensar em como eu me sinto ansioso ao lado dessa garota que nunca tinha visto na vida. Não há razão nenhuma para me sentir assim. Talvez eu esteja exagerando, deve ser culpa do tédio de ter que esperar o aeroporto reabrir. É, só pode ser isso.

— As pessoas seriam mais felizes se não vivessem a expectativa de outras pessoas — declara ela, e me pega de surpresa novamente.

Sim. É isso que eu gostaria de ter dito. A frase é tão verdadeira que tenho medo de concordar. Como poderia falar de algo tão íntimo com uma completa desconhecida?

— Ah, droga! — exclama a garota para ninguém em especial enquanto apaga tudo que havia escrito. — As pessoas poderiam deixar as outras serem livres, sabe? Se cada um se importasse apenas com a própria vida, as coisas seriam mais fáceis. Por que as garotas precisam procurar um marido, por exemplo? Por que as pessoas precisam encontrar alguém? Por que elas não podem simplesmente viver suas vidas fazendo o que gostam? Sozinhas?

Ela me encara com expectativa, esperando por alguma reação. Uma resposta? Um conselho? Um abraço? Não sei lidar muito bem com confrontos e discussões, então só consigo desviar o olhar.

— Parece que você só tem alguma coisa a dizer quando não é sobre você — comenta ela, decepcionada.

Eu continuo encarando o nada e não respondo, mas percebo que ela fica inquieta e levemente irritada.

— A senhora pode dar uma olhada nas minhas coisas

por um instante? Preciso comprar uma água. — Ela se levanta rapidamente e fico confuso ao perceber que ela não está falando comigo.

— Claro, querida! — Só agora reparo na senhora que está sentada do outro lado da garota. — Pode deixar que fico de olho no seu namorado também — garante ela, dando uma risadinha.

Finjo que não escutei, mas certamente estou começando a ficar vermelho.

— Ele não é meu... — Ela começa a responder. — Ah, deixa pra lá! Obrigada, volto logo.

Não olho para o lado para saber a direção que ela toma, mas sinto uma leve cutucada da senhora.

— Você desestabilizou essa menina! — diz ela. — Parece uma boa garota. Aproveita que vai ter que passar mais uma hora nesse aeroporto e pelo menos pergunta o nome dela — aconselha e chega um pouco mais perto de mim, com um sinal para que eu fizesse o mesmo. A senhora diminui o volume da voz para que somente eu pudesse escutar: — Ela é bem bonita.

Balanço a cabeça, nervoso, e a senhora me devolve uma piscadela. Não consigo acreditar. Só tem gente estranha neste aeroporto.

Mas a mulher tem razão.

Ela é bonita mesmo.

CAPÍTULO 5: *Liz*

Vou a passos largos e decididos até a lanchonete mais próxima, ficando ainda com mais raiva quando lembro que a mulher sugeriu que o estranho fosse meu namorado. Eu poderia ter gargalhado diante de tamanha idiotice.

Deve ser insuportável namorar aquele cara. Tão cheio de si, se achando o dono da razão — e tão fechado! Ele acha que tem todo o direito de fazer comentários sobre a minha vida, mas me ignora completamente quando o alvo dos comentários é ele.

— Namorado... — murmuro baixinho, balançando a cabeça enquanto aguardo a minha vez na fila da lanchonete. — Que piada!

Recebo uma mensagem de texto. Mais uma vez é a Paula.

> Por favor, não esqueça o vídeo! :)

Suspiro cansada.

Odeio época de Dia dos Namorados e este ano mais do que nunca. É como se todos fossem obrigados a falar disso. Ainda não sei como a Paula me convenceu a aceitar esse projeto sobre *o amor*. No que eu estava pensando?

— Próximo?

Me desperto dos devaneios e peço uma água.

— Você não gostaria de levar junto um casadinho? — pergunta o atendente com um sorriso automático estampado no rosto quando tento pagar. — Está com desconto especial de Dia dos Namorados.

Só pode ser zoeira do universo.

Ele deve ter notado a minha expressão de poucos amigos, porque foi o suficiente para desistir da sugestão e me entregar logo a nota e a garrafa d'água.

Agradeço e volto para o meu lugar, me espremendo entre várias pessoas que aguardam a reabertura do aeroporto. Olho através das janelas de vidro e percebo que a tempestade parece estar dando uma trégua.

Ao chegar onde havia deixado minhas coisas, percebo que o rapaz não está mais sentado. Dou uma olhada disfarçada a minha volta, mas é inútil, ele não está em lugar algum.

— Fique tranquila, ele vai voltar — diz a senhora.

— Eu... é... — tento me explicar, mas não vejo sentido em mentir. — Obrigada por cuidar das minhas coisas — agradeço, sorrindo.

— Ah, querida, não tem problema. Estou cuidando das coisas dele agora — informa ela, indicando uma pequena mala próxima.

Observo o lugar vazio e a mala solitária. Uma simples mala preta de rodinhas que poderia ser de qualquer pessoa.

— Ele parece ser muito sério, sabe? — continua a senhora mesmo sem eu perguntar nada. — Acho que é uma boa pessoa, mas está fechado, não deixa as pessoas entrarem.

— Hum, acho que isso não é da minha conta...

— Ah, é sim — garante ela. — Com o meu marido foi a mesma coisa. Éramos vizinhos e nos odiávamos. — Ela faz um sinal de aspas com as mãos para ilustrar. — Ele me achava nova demais e por isso pensava que eu não sabia das coisas. O curioso é que a diferença de idade era de apenas alguns meses. Felizmente as nossas famílias sempre se reuniam e desde que éramos crianças eles falavam que um dia nos casaríamos. — Os olhos da senhora começam a ficar marejados, e eu, incomodada. — Eles tinham razão.

Fico desconfortável porque também me emociono e me assusto ao me dar conta.

— Um belo dia, depois de trocarmos mais algumas ofensas e ele ir embora, ele voltou e pediu a minha mão em casamento. Assim, sem nem me consultar! Chamou meu pai e pediu. E sabe o que é mais impressionante? — pergunta ela sem esperar a minha resposta. — Eu aceitei.

A história me impressiona. Como duas pessoas que se odeiam podem se casar? Certamente isso não deve ter funcionado.

— Você deve estar se perguntando se eu fui feliz — observa a senhora lendo os meus pensamentos. — Sim. Foram os anos mais felizes da minha vida.

— Mas vocês se odiavam...

— Minha querida, odiar era modo de dizer — explica ela como se eu fosse uma criança tola. — Eu era bem irritante e detestava que me tratassem diferente dele. Crescemos juntos, mas você sabe como era ser mulher naquela época... Eu queria ter uma profissão, estudei muito e sempre tinha uma resposta afiada na ponta da língua quando alguém tentava me menosprezar. Sabe o que ele disse no dia que me pediu em casamento? — Ela respira fundo e sorri. — Que eu era a única pessoa que o inspirava. Que estava sempre à frente e o impulsionava a ser melhor também.

Eu a encaro esperando por mais da história, e ela entende que deve continuar:

— O ódio e o amor caminham juntos. Muitas vezes eles são usados como disfarce. Pessoas que nos odeiam se fingem de amigas para aplicar o bote. E pessoas que nos amam fingem odiar por ter medo de amar. É muito mais fácil odiar do que amar. No ódio, você se fecha. No amor, se abre e fica vulnerável.

Seu olhar fica mais sério, e em tom de aviso ela diz:

— Não estou querendo dizer que quem a machuca a ama, por favor, quem ama de verdade não faz isso. Só estou dizendo que não deixe de desfrutar sentimentos bons por medo de sofrer. Garanto que vale a pena amar. Ah, e pode ser divertido também. — Ela pisca, concluindo.

Eu fico pensativa por algum tempo e me dou conta de por que é tão difícil falar sobre amor para um vídeo. Eu não conheço muito bem o sentimento. Na verdade, acredito muito pouco no que as pessoas dizem ser o amor. Não entendo o motivo de muitos perderem a essência por causa de um amor.

Minha mãe vive insistindo que o amor se constrói com

o passar dos anos e por isso não devo me importar em me apaixonar antes de escolher com quem devo passar o futuro. Ela diz que é uma escolha da razão, e não da emoção. Um dia, ela me contou que não amava meu pai, mas sabia que era a melhor opção para ela, então aprendeu a amá-lo.

Eu, sinceramente, acho que a minha mãe não sabe o que é amar. A história daquela mulher me deu outra perspectiva. As pessoas podem amar, sim, e encontrar o amor, mas não precisam fazer disso a prioridade na vida. O amor talvez goste de brincar de esconder e não apareça quando se está procurando.

— Você me parece daquelas moças que têm medo de sofrer e, o pior de tudo, de deixar os seus sonhos de lado.

Apenas continuo a olhá-la intensamente, prestando atenção no que tem a dizer. Apesar de não fazer ideia de quem seja, ela me conhece mais do que muita gente. Mais do que qualquer pessoa da minha família ou seguidores da internet. Nem com minhas irmãs eu já tive uma conversa como esta.

— Faça o que é importante para você. Estude, trabalhe, seja alguém, sim, mas não se feche completamente para as pessoas que querem entrar na sua vida. Baixe um pouco a guarda. E aproveite para fazer isso agora que ele está voltando. — Ela indica com a cabeça o rapaz que se senta ao meu lado.

Sem perder tempo, a senhora para de falar e volta para as palavras cruzadas, como se aquilo fosse realmente o mais importante para ela naquele momento. Eu não tenho oportunidade de dizer nada, mas talvez aquela fosse a hora de apenas ouvir.

CAPÍTULO 6: *William*

O sinal de celular está péssimo no aeroporto. Eu não consigo falar com a minha irmã. Ela parou de responder às mensagens e preciso avisá-la que chegarei atrasado.

Depois de tentar conseguir sinal, eu desisto e volto a me sentar ao lado da garota estranha e da senhora dos conselhos. Tenho quase certeza de que a mulher também estava contando histórias para a tal moça, pois quando eu retorno, a menina parece pensativa e a outra rapidamente pega a revista de palavras cruzadas.

Antes que eu consiga reparar em mais alguma coisa, meu celular começa a tocar. É a minha irmã. Atendo o mais rápido que posso, ansioso.

— William Duarte, por que você ainda não chegou?

— O aeroporto fechou por causa de uma tempestade — começo a me justificar, sendo o mais doce possível. — Disseram que já vai voltar ao normal, mas não tenho certeza. Mil desculpas, maninha! Você sabe que eu queria muito estar aí!

Consigo escutar a minha irmã suspirando, irritada, do outro lado da linha.

— Ela está aqui!

— Quem?

— A louca! Ela veio pra cá encher o saco, achando que você estaria aqui. Pelo menos consegui fazer com que as enfermeiras a deixem lá embaixo enquanto não é horário de visitas.

Não consigo acreditar que a Carol ainda insiste. Suspiro.

— Você poderia compensar encontrando a Liz, né? Ela está nesse aeroporto, William! As meninas do fã-clube me mandaram um áudio! Como eu queria ser uma delas — diz, sonhadora.

Eu rio. Giovana pode ter apenas 14 anos, mas era mestre em chantagens e negociações.

— Eu nem sei quem ela é!

— Como não sabe? — pergunta como se fosse inadmissível. — Tem certeza de que você é meu irmão e vive neste planeta? Quem não conhece a Liz? Ela está em várias revistas! Tem milhões de seguidores! Em que mundo você vive? Preciso dar uma aula de cultura da internet pra você. Urgente!

— Eu só... não tenho tempo pra isso, Gio — respondo.

E realmente não tenho mais tempo para quase nada. É o preço que pago por ter grandes responsabilidades. Dentre as coisas que perdi, estar com a minha irmã no hospital foi uma.

Percebo o silêncio que minhas palavras deixaram. Mais uma vez eu dei aquela resposta. Para quase todas as perguntas dos últimos meses eu respondia com um "não tenho tempo". Para não deixar o clima mais pesado, tento solucionar o problema e fazer a vontade dela.

— Olha, me manda uma foto por mensagem e eu tento ao máximo encontrá-la. Pode ser?

— Isso! Mal posso esperar para me gabar sobre isso no grupo do FC — comemora ela. — Vou mandar agora mesmo! Tchau!

Ela nem espera que eu me despeça, e desliga para poder enviar o arquivo. Dou um sorriso triste. É o mínimo que poderia fazer. Agora torço para que a internet volte a funcionar.

Preciso encontrar a tal Liz.

Enquanto encaro o celular esperando por algum sinal de internet ou mensagem, os alto-falantes do aeroporto voltam a funcionar e anunciam:

— Senhoras e senhores, o aeroporto foi reaberto. Fiquem atentos ao painel de pousos e decolagens para informações sobre o seu voo...

Antes que eu possa ouvir a mensagem até o final, o salão de embarque volta ao caos. As pessoas começam a falar, mandar mensagens e até mesmo as famosas filas já estão se formando. Eu não entendo por que as pessoas gostam tanto de filas.

Olho para o celular novamente em busca da mensagem da minha irmã, mas não encontro nada. Imagino que todos naquele aeroporto também estejam tentando fazer o mesmo que eu e, obviamente, ninguém está conseguindo.

Ao me virar para o lado, observo que a garota digita

avidamente no celular. Ela parece estar imune a qualquer movimentação ao seu redor ou à falta de internet.

Um pensamento passa pela minha cabeça, mas não tenho certeza de se teria coragem. Depois dos meus comentários, ou da falta deles, posso apostar que aquela garota não quer mais trocar palavra alguma comigo.

Mas é para a minha irmã. Como posso ser tão orgulhoso? Desisto.

— Ei — chamo.

A garota olha de lado, levanta as sobrancelhas em questionamento, mas fica em total silêncio com as mãos no celular, esperando pela oportunidade de continuar a escrever.

Respiro fundo e pergunto:

— Você tem internet?

— Sim?!

Óbvio que eu teria que pedir, ela não parece ter qualquer tipo de poder de leitura de mentes. Droga.

— Você... — A minha voz vacila, então tento parecer mais confiante: — Você pode compartilhar comigo por alguns minutos? Estou sem sinal. Só preciso receber uma informação.

Ela sorri ironicamente com o pedido. Não gosto nada daquele sorriso. Ela deve estar avaliando o prazer de me torturar com o poder de barganha que tem nas mãos para se vingar das palavras ditas e não ditas de meia hora atrás.

— Hum... — murmura a garota e olha pensativa para o aparelho em suas mãos.

Eu não consigo suportar o fato de depender tanto de alguém e o orgulho fala mais alto.

— Olha, não precisa, tá bom? Fica aí com a porcaria da sua internet — digo enquanto me levanto e saio arrastando a mala para bem longe.

Não olho para trás para saber se ela está rindo ou assustada. Talvez eu tenha feito mais uma burrada. Eu poderia ter aguentado mais um pouco, afinal, é um pedido da minha irmã.

Ah, tanto faz. O que está feito, está feito. Não consigo voltar atrás e pedir desculpas para ela e, mais uma vez, vou decepcionar a pessoa que mais amo no mundo.

Enquanto encaro o painel de voos para Florianópolis percebo que a sorte realmente não está ao meu lado. Meu voo sai em vinte minutos.

Eu me distraio com uma família que passa ao lado. Um casal de meia-idade e os dois filhos adolescentes. Provavelmente estão viajando de férias. Os pais e a filha mais nova sorriem, já o irmão mais velho está emburrado e com fones nos ouvidos, nem aí para o momento. Eu me identifico com aquela situação. O tempo que passei alheio a tudo que acontecia na minha família, pois nunca havia pensado que uma tragédia poderia acontecer.

Sempre achei que teria toda uma vida com eles. Infelizmente, ninguém controla o destino.

Percebo que uma lágrima começa a escorrer por meus olhos e limpo rapidamente. É tarde demais para voltar no tempo, mas ainda posso consertar o futuro.

O telefone começa a tocar, é Caio, meu melhor amigo.

— E aí, Caio? — atendo.

— Cara, onde você tá? Já não deveria ter chegado? Preciso que você assine alguns formulários. A gente tem muita coisa para resolver durante esses dias que você estiver em Floripa.

Suspiro. Sinto saudades de quando uma ligação do Caio era para convidar para uma festa, pegar uma praia ou simplesmente falar sobre uma gata que ele havia conhecido. Hoje em dia nossas conversas eram apenas trabalho, trabalho e trabalho.

Tenho sorte de ter o Caio na empresa, é claro. Pelo menos é uma pessoa de confiança no meio de vários urubus prontos para que eu vacile, e assim possam contestar a minha capacidade de liderar o negócio dos meus pais.

— O meu voo atrasou por causa da tempestade — justifico. — Mas já deve sair em alguns minutos.

— Ah, que bom — responde ele, mas eu sei que tem mais alguma coisa para me contar. — Na verdade, liguei por outro motivo.

Sabia. Olho no relógio. O voo sai em quinze minutos e ainda quero tentar encontrar a tal da Liz, mas é o meu melhor amigo...

— Você tem cinco minutos — alerto.

— Cara, eu acho que vou fazer uma loucura — admite. — Acho que vou pedir a minha namorada em casamento.

— O quê? — pergunto, assustado. — Você tá louco?

Ele não para de falar dessa garota há meses, mas eu

achava que era uma coisa passageira. Nunca botei muita fé nos namoros do Caio porque ele nunca fez muita questão.

— Não estou! — responde, animado. — Dá pra acreditar? Eu não tô louco! Tô apaixonado! Muito!

— Não foi ela que colocou isso na tua cabeça? — pergunto, desconfiado. — Você lembra como foi com a Carol...

— A Carol é e sempre foi uma interesseira, nós sabemos disso. — Ele me confronta. — Sempre esteve de olho na fortuna dos seus pais.

Trinco o maxilar um pouco ofendido. Ele até pode estar falando a verdade, mas fico um pouco abalado.

— Ainda acho que você está cometendo um erro — alerto.

— Não estou — garante ele. — Você vai conhecê-la logo. Quem sabe hoje? Parece que a irmã dela tá chegando de viagem também e ela quer que eu a conheça. Ótima oportunidade pra você! Aliás, ela tem quatro irmãs: opção é o que não falta — brinca.

— Hoje não posso — respondo, ignorando o comentário sobre as irmãs. — Vou direto para o hospital quando chegar. Quero ver a Giovana.

— Ah, cara, verdade. — Caio segura um pouco a empolgação. — A gente tenta combinar algo amanhã, então.

— Pode ser — respondo sem demonstrar muita animação.

Lembro que ainda preciso tentar me conectar, então me despeço, mas não sem antes prometer a Caio que dessa vez conheceria a namorada/futura-noiva dele. Ele realmente está empolgado com esse pedido. Não consigo acreditar.

Se até o Caio está pensando em casamento, acho que eu poderia dar o braço a torcer e tentar implorar para aquela garota liberar a internet. Deixar um pouco do orgulho de lado não faz mal a ninguém.

Ao retornar para onde eu estava sentado, me dou conta de que é tarde demais: ela se foi. Nem a senhora conselheira está mais ali. Olho ao redor, mas também não poderia procurar por mais ninguém que pudesse fazer esse favor.

É a última chamada para o meu voo.

CAPÍTULO 7: *Liz*

Aquele cara é louco. Piradinho da Silva. Eu tenho certeza disso.

Primeiro, ele começa a fazer uns comentários nada a ver de como eu deveria tratar a minha família. Quando falo algo um pouco mais pessoal, simplesmente me ignora. Depois me pede internet e sai surtado quando considero por apenas alguns segundos a possibilidade, só para brincar um pouco.

Ainda estou pensando sobre a situação quando encontro o meu lugar dentro do avião. Finalmente estou indo para Florianópolis e, apesar de tudo, não vejo a hora de chegar. Preciso me concentrar no trabalho e entregar o vídeo o quanto antes para Paula.

Quando me acomodo no assento da janela, fico olhando as luzes que piscam do lado de fora. Nem parece que uma tempestade havia fechado o aeroporto. Não chove mais e um arco-íris começa a se formar no céu. São Paulo. Sorrio ao pensar na cidade que havia me abraçado. Agora estou retornando para a minha cidade natal, para minha família, e já posso imaginar a confusão que será.

Paro de olhar pela janela quando um passageiro a minha esquerda começa a se acomodar. O sorriso sincero que eu tinha no rosto é imediatamente substituído por uma expressão de descrença.

O garoto maluco.

— Só pode ser brincadeira... — digo baixinho pela centésima vez no dia, apoiando a testa na janela.

Ele também não parece ser a pessoa mais feliz do mundo por me ter como companhia porque confere algumas vezes o cartão de embarque para ter certeza de que aquele é o seu lugar. Eu ignoro, deixando que fique desconfortável sozinho.

Dou uma olhada no painel e vejo que o aviso para desligar os aparelhos eletrônicos ainda não foi ativado, então resolvo abrir o Snapchat para dizer que estou saindo da cidade. Porém, no primeiro toque o celular desliga. Está sem bateria. Ótimo.

Na minha visão periférica consigo ver que ele sorri e isso me irrita ainda mais.

— Que foi?

— Nada, é só... — Ele balança a cabeça, derrotado. — Eu tinha decidido pedir desculpas para que você, por favor, compartilhasse a internet comigo porque era muito importante.

— Pra falar com a sua namorada? — Eu me arrependo no momento que as palavras começam a sair. Não consigo ter controle sobre a minha própria boca!

— Namorada? — pergunta ele, confuso.

Fui longe demais e tento consertar.

— Ah, desculpa, não tenho nada a ver com isso. Enfim... eu não queria realmente falar nada. Vou calar a boca.

Ele ri com sinceridade. É a primeira vez que ri daquela forma. Um sorriso meio de lado, e aparece uma covinha do lado direito. Bem bonitinho, para falar a verdade.

— Não tenho namorada — admite ele.

— Então era trabalho? — Não consigo conter minha curiosidade.

— Também não.

AH, QUAL É! Será que ele não poderia simplesmente contar logo? Ou está se divertindo com as minhas perguntas?

— Ok, vou parar de perguntar. — Desisto, mas relutante, pois quero realmente saber do que se trata.

Ele então respira fundo e começa a explicar:

— Era a minha irmã. Ela me fez um pedido e eu queria muito poder atender.

Inclino a cabeça de lado, pensativa. Que fofo... Um pedido para a irmã. Mas o que poderia ser tão importante?

— E precisava de internet?

Ele concorda com a cabeça.

— Ela ia me passar algumas informações e... — Ele se interrompe para então mudar de assunto. — Tudo bem, tá? Não deu certo. Fui um pouco idiota também, então me desculpe.

— Também fui, então estamos quites — digo, sorrindo.

Chego à conclusão de que o cara não é tão maluco afinal, mas ainda fico desconfiada, pronta para uma mudança repentina de humor. Vai saber, né...

— Atenção tripulação, portas em automático — anuncia o comandante.

Eu aperto o cinto e sorrio para a paisagem que vejo pela janela. Dali, posso ver a asa e logo estaremos voando.

— Lá vamos nós... — diz o rapaz com a voz trêmula.

— Medo de avião?

— Um pouco — admite ele. — Só a parte que sobe e desce.

— Certo.

Volto a olhar pela janela. Ele não gosta das partes mais legais. Eu adoro o momento de emoção de levantar voo e depois pousar. Na verdade, posso dizer que gosto de quase tudo em viajar de avião. Parece que estou em outra realidade.

— Ei — chama o rapaz. Ele está começando a suar e respirar com dificuldade. — Você pode... pode conversar comigo?

Eu olho para ele em dúvida e sem saber o que fazer. Nossas conversas não podem ser classificadas como boas.

— Preciso me distrair — complementa ele. — O avião vai voar e... acho que posso vomitar.

Bom, isso me convence.

— Ok.

Tento pensar em alguma coisa interessante para falar, mas nada parece bom o bastante. Começo a ficar nervosa porque ele não parece nada bem, está de olhos fechados e segurando com firmeza os braços da poltrona.

— E aquela senhora, hein?

— Ela também deu conselhos pra você? — pergunta ele com dificuldade.

— Sim! — confirmo. Que loucura! Será que ela falou aquilo tudo para ele também? — Ela começou a contar umas histórias do passado dela...

— Ela me disse que você era bonita. — Ele abre os olhos para me encarar e sorri. — Ela tem razão.

Meu coração dá um salto e fico sem saber o que fazer. O elogio repentino me deixa atordoada, e mal percebo quando o avião começa a deslizar mais rápido pela pista. Mas é o bastante para que o garoto feche os olhos novamente e segure com mais firmeza os braços da poltrona.

Por instinto, seguro a sua mão direita e ele não a puxa de volta. A pele está gelada e tento passar o calor das minhas mãos para ele. O gesto parece acalmá-lo, mas ele ainda mantém os olhos fechados. Eu o observo com mais atenção e percebo que naquela situação ele se encontra vulnerável. Com aparência mais jovem: não passa de um garoto com medo. Bem diferente da dureza no aeroporto.

O avião levanta voo e eu fico feliz. Fecho os olhos para aproveitar aquele momento em que tudo pode acontecer. O coração para por um segundo e sinto um frio na barriga.

Chego à conclusão de que a sensação de voar é ainda melhor quando seguramos a mão de alguém. O avião se estabiliza no ar e então me dou conta. Abro os olhos, assustada, e vejo que o rapaz está olhando para mim em silêncio.

Soltamos rapidamente as mãos, como se tivéssemos

tocado lava. Envergonhados pelo gesto de intimidade. Nós nos separamos e olhamos para pontos diferentes. Dessa vez, não poderemos fugir daquele lugar, e a senhora conselheira havia sido substituída por um avião lotado que nos obrigava a passar mais algum tempo juntos.

— Obrigado — agradece o rapaz.

— O quê? — pergunto ainda pensando no momento constrangedor.

— Fico com muito medo em aviões, então... obrigado.

Eu sorrio timidamente, ainda um pouco envergonhada por ter segurado sua mão enquanto o avião estava subindo. Não sabia o motivo, mas era o que parecia ser certo.

— Mas agora passou, né?

— Um pouco. — Ele sorri, nervoso. — Posso viajar muitas e muitas vezes, mas nunca vou me acostumar com uma coisa tão pesada voando, sem pensar que pode cair a qualquer momento.

— Mas você sabe que o risco de sofrer um acidente de carro é bem maior, né?

— É?

— Sei lá, sempre me disseram isso — respondo, dando de ombros sem ter completa certeza. Eu nunca me importei em checar se era um fato comprovado ou não.

— Ok, isso não adiantou muito então.

— Você é daqueles que tudo é preto no branco? Oito ou oitenta? — pergunto, inclinando a cabeça, bem-humorada.

Gosto da sensação de deixá-lo sem jeito. Ele agora parece um pouco mais nervoso por eu estar fazendo novamente uma pergunta pessoal do que com o avião que está viajando a muitos quilômetros por hora pelo céu.

— Digamos que sim — admite.

— Certo — concordo. Ele não vai explicar mais que isso.

— Certo.

Nos calamos, e tento pensar rapidamente em alguma coisa que poderia falar, mas nada vem à mente. As nossas conversas só saem motivadas por sentimentos ou situações extremas. Será que eu preciso fazer algo a respeito?

CAPÍTULO 8: *William*

Pense em alguma coisa para falar, William. Não seja idiota.

Faço, contudo, papel de idiota e muitos minutos se passam sem que nem um dos dois fale mais nada. Ambos falsamente concentrados demais nas poltronas da frente para conversar.

O silêncio dura até a primeira turbulência. Tomo um susto tão grande que me prendo ao apoio da poltrona como se apenas isso pudesse me salvar. O avião balança bruscamente e uma criança começa a chorar na parte da frente da aeronave com a mãe tentando acalmá-la.

Eu começo a pensar que finalmente chegou a minha vez, mas que não posso ir assim. Preciso cuidar da minha irmã. Ela só tem a mim agora.

Os nós dos meus dedos da mão ficam brancos devido à força com que seguro o apoio do assento. Eu preciso de alguma distração, mas só consigo pensar em tragédia.

— Qual a sua cor favorita? — pergunta a voz conhecida à minha direita.

Não entendo muito bem o motivo da pergunta e volto

a pensar nos movimentos do avião.

— Sua cor favorita — insiste ela. — Qual é?

Abro os olhos e encaro a garota, pensando que ela só pode ter enlouquecido de vez.

— Por que você quer saber minha cor favorita se esse avião está prestes a cair? — pergunto em desespero.

— Exatamente — concorda ela.

Espere aí! Ele vai realmente cair? Ela só pode estar de brincadeira! Arregalo os olhos e ela tenta me acalmar:

— É só uma turbulência. Você precisa se distrair para não ter um ataque cardíaco.

A aeronave dá um solavanco brusco, e volto a fechar os olhos e pensar no pior.

— Azul — digo entre dentes. — É azul.

Ao pensar na minha cor favorita logo me lembro da cor do mar e que o avião certamente vai cair nele.

— Certo, a minha é verde, mas também gosto muito de cinza — responde ela, mesmo que eu não tenha devolvido a pergunta. — Um pouco contraditório, é claro. Mas gosto do verde das árvores e o cinza dos prédios. Gosto da combinação. Lembra o meu passado em Floripa e meu presente em São Paulo.

Eu quase volto a pensar novamente no barulho, mas a garota interrompe meus pensamentos.

— E a comida favorita?

Sorrio pensando no macarrão com molho especial que minha mãe preparava.

— Macarrão.

— Só macarrão? Sem molho sem nada?

— O macarrão que a minha mãe cozinhava. Qualquer tipo de molho que ela adicionasse seria perfeito — completo, sorrindo, ainda sem abrir os olhos.

— Cozinhava? — pergunta ela, reparando no detalhe do verbo conjugado no passado.

Fico um pouco desconfortável com o questionamento, mas acho justo continuar a conversa já que ela está me ajudando.

— Meus pais faleceram — digo com seriedade, voltando a encará-la. — Já faz um ano.

— Ah... Sinto muito — fala ela, baixinho, claramente envergonhada por ter tocado naquele assunto.

Dou um sorriso tentando deixá-la menos constrangida e me surpreendo por não ficar aborrecido por ter falado da morte dos meus pais.

— Minha irmã e eu estamos dando conta — garanto.

— É por isso que você queria tanto realizar o pedido dela então...

— Não exatamente — nego, e então suspiro, passando a mão pela cabeça que havia raspado em companheirismo à Giovana, que perdeu parte do cabelo durante a quimioterapia. — Ela tá no Hospital Joana de Gusmão agora e eu não estou lá com ela. Queria poder compensar de alguma forma.

Ela parece entender e não pergunta mais nada. Eu poderia falar mais sobre isso, o que me deixa bastante surpreso, mas também não estendo a conversa para algo dramático.

O comandante anuncia que já estamos fora da área de turbulência e só então percebo que os movimentos realmente haviam parado.

— Viu só? Era só conversar — diz ela.

— Mais uma vez obrigado.

— Acho que até chegarmos a Florianópolis vou ter contabilizado muitos "obrigados".

— Espero que eu não tenha que te agradecer por mais nada. Já passei vergonha demais.

— Isso é verdade. — A garota concorda comigo, me fazendo rir.

— Tudo bem, já falei sobre mim — comento, realmente envergonhado. — O que você está indo fazer em Floripa?

— Sabe como é... Visita semestral à família para dizer que está tudo bem e que estou com saúde, além de ir embora antes que a minha mãe arrume um marido para mim.

— Um marido?

— É, minha mãe tem essa mania, aliás, mania não, obsessão! — Ela se empolga e começa a gesticular avidamente com as mãos. — Ela tem esse pensamento antiquado que todas as filhas precisam se casar logo para garantir o futuro e, é claro, o futuro dela. Ela quer poder escolher entre todas qual será a mais bem-sucedida para cuidar dela quando envelhecer. Acredita?

— Isso não é um pouco antigo?

— Sim! É exatamente isso que eu sempre digo! — Ela dá um tapa na perna para dar ênfase. — Mas eu sou a única que teve coragem de sair de casa e ir atrás dos meus sonhos.

Seu rosto está iluminado. Eu desconfio que aquele seja o ponto fraco dela. A aceitação da sua escolha pela família. Ela não parece ser o tipo de garota que vai concordar com o status quo. É daquelas que quer ser a diferença, provar para o mundo que é capaz.

Estou começando a gostar dessa atitude. A jovialidade e o ânimo dela para lutar por aquilo que acredita me estimulam. Em um mundo solitário e introspectivo como o meu, o vento e a tempestade dessa moça mudam todo o cenário.

— Você é a mais velha? — pergunto.

— Não, tenho uma irmã de vinte e um que é a mais velha — responde. — Ela é a que mais respeita a minha mãe. Faz questão de fazer tudo como ela quer. Mas é a minha melhor amiga — admite com um sorriso carinhoso, dando de ombros. — Agora não para de falar no novo namorado dela por quem está apaixonadíssima — conta com um suspiro.

— Sério? — pergunto. — Meu amigo de infância está me enchendo o saco pra apresentar a garota que mudou a vida dele. Me ligou todo empolgado contando que quer pedi-la em casamento! — Paro para pensar por alguns segundos. — Seria coincidência demais, né?

— Com certeza! — Ela concorda e sorri, descartando a possibilidade.

— Preciso pedir desculpas por interferir naquela hora no aeroporto — mudo de assunto.

Ela franze as sobrancelhas em um segundo de confusão, mas logo em seguida compreende.

— Não tem problema. — Ela faz um gesto dispensando as desculpas. — Eu já nem lembrava mais que tinha ficado com muita raiva por você se achar no direito de me falar alguma coisa sem nem me conhecer.

— Vamos dizer que desperdiçar uma conversa com a mãe não é uma das coisas que eu mais sou a favor. — Sorrio forçadamente.

— Desculpa. Agora eu entendo.

— É, parece que os dois foram um pouco precipitados — concluo. — Mas, então, ainda não nos conhecemos. Nem sei seu nome! O meu é William. William Duarte.

Ela sorri e antes que possa responder, a comissária de bordo a interrompe. Tem alguns salgadinhos para dar e pergunta se queremos algo para beber.

— Já foi o tempo que davam comida legal em avião — comenta a garota logo depois que a comissária vai embora.

— Isso parece bom — observo enquanto como um dos amendoins.

Ela nega com a cabeça e logo muda de assunto.

— E você ainda não me disse qual era o pedido da sua irmã.

— Você vai achar que é uma bobagem — alerto.

— Ah, qual é! Fala logo.

— Eu não entendo como funciona esse mundo da internet, mas minha irmã é viciada e ela passa muito tempo vendo vídeos no hospital.

Faço uma pausa esperando algum comentário, mas como ela não parece realmente interessada em falar, eu continuo:

— E ela é muito fã de uma dessas meninas que fazem vídeos. Eu não conheço e não sei muito sobre o que ela fala, mas deixa a minha irmã mais feliz.

Percebo que a garota está diferente agora, um pouco mais séria e nem olha para mim, além disso, continua sem dizer nada.

— Então, tem essa garota, e eu não a conheço — tomo um gole do refrigerante e continuo —, e não sei como minha irmã descobriu que ela estava no aeroporto. Parece que alguém do fã-clube disse, algo assim. Então ela pediu que eu a encontrasse.

Uma ideia passa pela minha cabeça, sorrio com o pensamento e compartilho:

— Eu nem sei o que eu falaria para essa garota. Minha irmã só pediu para que eu a encontrasse, e como eu não fazia ideia de quem ela era, a Giovana me mandaria uma foto. — Fico triste ao me dar conta da incapacidade de realizar um simples pedido da minha irmã. — Mas a internet não funcionava em lugar nenhum do aeroporto. A não ser no seu celular — observo. — Então como eu não sabia quem era a garota, não pude encontrá-la e logo em seguida eu já estava no avião.

A garota encara a poltrona a sua frente e deve realmente achar que é uma besteira.

— Como eu disse, é uma bobagem — lembro.

Ela então olha para mim e pergunta:

— Qual o nome dessa menina?

— Ah, é Liz — respondo, sorrindo, porque, de alguma forma, mencionar aquele nome faz com que eu me alegre.

CAPÍTULO 9: *Liz*

Eu fico sem saber como reagir ao ouvir meu nome mencionado por William. Foi para a irmã dele que eu havia mandado aquele áudio. Era *a mim* que ele deveria encontrar.

O som do comandante anunciando que a aeronave em breve pousaria impediu que eu precisasse dar alguma resposta.

A dúvida começa a assombrar a minha cabeça e eu não consigo decidir se admito ser a pessoa que ele deveria encontrar ou se continuo por mais alguns minutos nessa relação estranha que, pela primeira vez em muito tempo, consegui estabelecer.

Ele não sabe quem eu sou, não faz perguntas sobre qualquer outro cara famoso da internet ou quanto eu ganho fazendo esses *"videozinhos"*. Ele conseguiu me conhecer de outra forma, descobriu coisas sobre o meu eu de verdade, sobre a garota sonhadora que corre atrás do que quer. Mesmo que toda essa relação tenha começado com nós dois trocando farpas sobre o que cada um pensava da vida.

Tomo a decisão de não contar quem sou ao relembrar as palavras dele: é uma bobagem. Ele certamente é uma dessas pessoas que não entende o que eu faço e, provavelmente, não dá muito crédito.

A sensação divertida que eu havia experimentado durante todo o voo agora tinha dado lugar a uma tristeza culpada. Devo admitir que havia sido bem legal trocar algumas palavras sinceras. Mesmo que tenha durado apenas um voo de São Paulo a Florianópolis.

Olho para William em busca de alguma percepção do meu abalo, mas novamente ele está assustado demais com o avião prestes a pousar. Então repito o que havia feito na decolagem e seguro docemente sua mão. Ele sorri, agradecido, novamente com os olhos fechados, porém, dessa vez, com uma expressão mais suave. Ele sabe que vai dar tudo certo, então decido não tentar mais nenhuma distração. Não tenho condições de fazer isso neste momento.

O frio na barriga já conhecido é substituído pela sensação de segurança logo que a aeronave toca o solo. Infelizmente não é uma sensação que dura muito tempo, pois continuo pensando nas últimas palavras de William enquanto caminho em direção à esteira de bagagens.

— Ei, aconteceu alguma coisa? — pergunta William atrás de mim. — Você tá estranha desde que pousamos. Será que foi você quem ficou com medo dessa vez?

Ele sorri com a brincadeira e tento disfarçar o desconforto.

— Ah, não é nada, só... — digo, enquanto encaro o chão. — Não tô muito à vontade em voltar para casa, e agora parece que é mesmo real — confesso, sabendo que não é uma mentira, só não é a verdade completa.

— Vai dar tudo certo — promete ele e então pisca para descontrair. Eu gosto disso. Ele está diferente. Parece mais jovem. Então me pergunto se ele se sente melhor por estar naquela cidade. São Paulo talvez o deixasse mais sombrio e triste.

— Espero que sim — digo e logo avisto a minha mala na esteira. — Opa, a minha já está chegando.

Ajeito a mochila nos ombros enquanto William pega a bagagem de mão dele. Caminhamos juntos em direção à saída, e volto a ficar apreensiva com alguns olhares de reconhecimento. Tudo o que eu não preciso é que alguém me pare enquanto William está do meu lado. Então, eu baixo levemente a cabeça deixando o cabelo esconder meu rosto e apresso o passo em direção à fila de táxis.

— Ei, tá louca pra se livrar de mim, né? — comenta ele enquanto tenta me alcançar novamente.

Eu sorrio afastando a tensão e dou meia-volta para olhar para ele quando o taxista sai do carro para acomodar minha bagagem no porta-malas.

— É óbvio! — brinco.

— Foi legal te conhecer — confessa ele, agora um pouco mais próximo.

— Também achei.

— Eu deveria voltar pra dentro do aeroporto e tentar encontrar aquela garota do YouTube — lembra ele. — Talvez ela esteja no próximo voo.

— É, talvez você tenha sorte. — Dizer essas palavras

me dá um aperto no coração.

— Talvez.

O taxista fecha o porta-malas e sem muita vontade me pergunta:

— Ei, moça, vamos? Os caras ali atrás vão começar a encher o saco.

Aceno e começo a andar em direção à porta do carro, mas William me interrompe segurando levemente meu braço. Eu me assusto pensando que talvez ele tenha me reconhecido, talvez ele saiba que eu não passo de uma mentirosa. Não consigo nem olhar para ele.

— No fim você não me disse seu nome — menciona ele.

Sei que não posso dizer meu nome verdadeiro. Então digo o primeiro nome que aparece em minha mente e que por algum motivo é o da minha irmã mais velha.

— Jana — respondo. — Janaína.

Ele sorri. Eu poderia me acostumar com o sorriso dele. Poderia me acostumar com a presença dele. Pena que nada é tão fácil para mim.

— Eu tenho que ir — digo antes que ele fale qualquer outra coisa. — Tchau!

Então entro no táxi, deixando do lado de fora um rapaz confuso e que não parece saber o que fazer.

— Vamos logo! — digo, dessa vez, para o taxista.

O táxi se dirige para a saída do aeroporto e eu não tenho coragem de olhar para trás, apenas observo um avião que havia acabado de levantar voo cortar o céu.

Já é noite em Floripa e apesar de eu gostar muito de ver a cidade com o céu azul e o sol brilhando, ela fica ainda mais bonita nesse momento, com o céu escuro e estrelas despontando lá em cima. A ponte Hercílio Luz também já está acesa, um dos cartões-postais da cidade.

Ainda estou no táxi e penso muito em William. Não tenho certeza se fiz o certo, mas naquele momento ele com certeza já sabe que menti. *Jana?* Eu me pergunto o que ele teria feito se soubesse que eu era quem ele procurava.

Então me lembro da irmã do rapaz. Havia algum motivo para ela estar no hospital, só que eu não havia perguntado. Aliás, eu nem havia pensado nela! Uma lágrima tenta cair em desespero. Como sou egoísta! Não fui capaz de pensar na menina porque não queria que um cara desdenhasse do meu trabalho. Em troca do quê? Eu nem falaria mais com ele!

Idiota. Egoísta.

A tristeza e o arrependimento estavam cada vez mais fortes. Ele me odiaria de qualquer forma e eu mesma estava me odiando naquele momento.

Uma ideia me ocorre de repente e então enxugo as lágrimas e falo para o taxista:

— Será que você poderia me deixar no Hospital Joana de Gusmão?

CAPÍTULO 10: *William*

Observo por alguns segundos o táxi sair do aeroporto, surpreso com a despedida repentina. Eu havia gostado daquela garota e agora talvez nunca mais tenha a oportunidade de vê-la.

Suspiro e massageio as têmporas, cansado demais depois de tudo que havia acontecido no dia. Tiro o celular do bolso e tento me conectar à internet. A notificação de mensagem da minha irmã logo aparece na tela e eu me lembro do pedido.

Antes de abrir a mensagem, caminho até a saída de passageiros, estava pronto para esperar por lá para encontrar a garota. Algumas pessoas do nosso voo ainda estão saindo, encontrando parentes e amigos, se abraçando e sorrindo.

Eu não teria tanta sorte de estar no mesmo voo que a menina que eu estava procurando. Teria?

Volto a olhar para o celular, esperando a imagem que a minha irmã enviou carregar. Aos poucos, a foto vai ficando mais nítida e por fim carrega totalmente.

O que eu vejo me deixa paralisado.

Não pode ser.

Na imagem, sorrindo para mim estava Jana. A garota que eu havia acabado de deixar entrar em um táxi e que talvez eu nunca mais encontrasse. A garota que havia conversado comigo para que eu não pensasse no medo de avião. A garota com quem eu havia discutido sobre um telefonema da mãe dela. A garota com quem eu havia compartilhado o pedido da minha irmã.

Encaro a foto. Ali, de cabelos castanhos encaracolados e olhos da mesma cor, me encarando, está a garota que mentiu para mim.

Seguro com força o celular, não acreditando na minha estupidez. Logo abaixo da imagem, vejo que minha irmã também havia mandado algumas mensagens:

> E aí, você encontrou ela? :)

> Ela nem postou mais nada em nenhuma rede social!!!!

> William, me contaaaaaa!

> Acho bom esse avião ter caído, porque é só esse o motivo que vou aceitar por você estar me deixando no vácuo!

Ler as mensagens de Giovana me deixa com ainda mais raiva. Como a Jana, ou melhor, a Liz — seja lá qual for o nome dela — foi embora sabendo do pedido da minha irmã?

Eu não sabia como reagir. Como poderia contar para Giovana que uma das pessoas que ela mais admirava havia feito aquilo?

Não.

Eu não poderia dizer nada. Um aeroporto é grande o bastante para eu não a encontrar.

Por mais que aquela garota tenha tomado uma atitude egoísta e mesquinha, ela ainda poderia trazer felicidade para a minha irmã. Era uma companhia, algo que eu não podia ser a todo momento. Apesar de tudo, eu ainda estava em dívida com ela, mesmo que não merecesse.

Eu decido deixar isso de lado. Devo pensar na pessoa que mais precisa de mim agora. É por isso que saio rapidamente do aeroporto em direção a um dos taxistas e peço que ele vá o mais rápido possível para o hospital.

※

Não gosto daquele lugar, jamais gostei. Estive por lá visitando minha irmã por muito tempo antes de os meus pais falecerem e, depois do acidente, foi naquele lugar que recebi a notícia que seria o chefe da família.

Pelo menos não estava atrasado para o horário de visitas. Ao chegar à recepção do hospital o meu coração se aperta. Lembranças muito tristes me invadem sempre que cruzo essas portas.

Próximo destino: amor | PAM GONÇALVES ♥ 67

Caminho cabisbaixo em direção à recepcionista que sorri em reconhecimento.

— Ela já ligou para cá várias vezes perguntando por você — comunica.

Eu sei de quem ela está falando. Minha irmã — que está ansiosa e achando que eu me esqueci de respondê-la. Certamente o médico dela me repreenderia por causar uma ansiedade desnecessária. Ela não precisa de aborrecimentos.

— Eu já vou subir— respondo, me afastando do balcão.

— Espera! — A moça me interrompe. Eu me culpo mentalmente por não saber seu nome, mesmo depois de tanto tempo. — Aquela garota ali está esperando por você — avisa, indicando alguém à direita.

Dou um longo suspiro, cansado. É só o que me falta agora! Ter que lidar com a minha ex. Não acredito que ela ficou esse tempo todo me esperando na recepção do hospital. Estou tão exausto, tudo o que eu quero é subir, conversar com a minha irmã e quem sabe fazer uma refeição decente. Não tenho cabeça para lidar com mais nada no momento. Resignado, decido enfrentar e me viro, pronto para o que quer que fosse.

Mas o que vejo não é nada do que eu esperava.

É ela. Jana. Ou melhor, Liz.

A garota está ali no hospital, sentada encolhida, com as malas de lado e me encarando com a expressão de quem pede desculpas. *Arrependida?*

Balanço a cabeça sem acreditar. Não sei se sinto raiva

pela mentira ou alívio por ela estar ali, a apenas alguns metros de distância da minha irmã.

Caminho em direção a Liz e tento enxergar nela a menina sorridente que eu havia visto na foto do celular. Seus olhos estão vermelhos e incertos. Dessa vez, ela não veste a armadura que usou durante o dia inteiro. Agora é ela que parece não se sentir segura, como se fosse desmoronar a qualquer momento.

— Desculpa — pede ela assim que chego perto o bastante para ouvi-la. — Desculpa, por favor!

Eu não consigo responder. Apenas a observo, com a expressão séria, em uma luta constante de sentimentos dentro de mim. Ela está ali pedindo perdão.

Apesar de sustentar uma aparência segura e impenetrável, vê-la daquele jeito me perturba. Uma lágrima ameaça cair do seu olho e eu rapidamente a contenho. Se ela chorar, vou desabar.

— É a minha irmã — falo, baixinho. — É por ela.

Ela balança a cabeça, desviando o olhar para o chão.

— Eu posso vê-la? — pergunta.

Concordo com a cabeça e, sem dizer nada, caminho em direção ao interior do hospital. Eu não a espero, pois tenho certeza de que ela me acompanhará.

CAPÍTULO 11: *Liz*

— William Duarte! — grita uma voz de menina assim que ele passa pela porta. — Eu não acredito que você me deixou esperando até agora!

Aguardo do lado de fora, no corredor, por algum sinal de William. Ele não disse nada durante o caminho, mas sei que é isso que ele espera. Eu não poderia simplesmente entrar no quarto sem que a irmã dele estivesse preparada e também precisava deixá-los ter um pouco de intimidade.

— Eu disse para ela que você logo chegaria, meu amor! — Ouço uma voz feminina diferente, não é a mesma que o recepcionou, essa parece falsamente doce.

Meu amor? Sinto um leve aperto no peito.

— E ela não quis ir embora! — acusa a irmã de William.

— Por que eu iria, querida? Você precisava de companhia!

— Eu estava muito bem, obrigada — responde a menina. — Agora você! Você me deve explicações, mocinho!

Não estou no quarto para saber, mas posso imaginar uma menina decidida apontando para o rapaz. Sorrio com a cena em minha mente.

— Hum, você está bem? — pergunta ele, se esquivando das acusações.

— Se eu tô bem? Não tô nada bem! — responde a irmã em alto e bom som. — Quero respostas! Conseguiu encontrar a Liz? Por favor, diz que sim!

Ela realmente se importa comigo, é a única coisa que consigo pensar. E eu quase a abandono por medo.

Alguns momentos de silêncio se passam e William aparece no corredor fazendo um sinal para mim. É agora.

Caminho em direção ao quarto e tento mudar a minha expressão para a mais alegre possível. Ao entrar no cômodo, um leve ar de preocupação atravessa meu rosto, mas é quase imperceptível, pois me recupero logo em seguida.

Na cama, uma garota que não deve ter mais de 14 ou 15 anos me encara, impressionada. Seus olhos azuis estão arregalados, e a boca de lábios pálidos, escancarada. Agora posso imaginar por que o irmão gosta tanto da cor azul.

Ela parece ter visto uma assombração e eu me pergunto se meu rosto está muito inchado.

— Oi? — cumprimento com um sorriso.

— Vo... você... — Ela começa a falar e eu me aproximo um pouco mais, apertando levemente sua mão, encorajando-a. — É você mesma?

Confirmo com a cabeça, ainda sorrindo. Ao ver seus olhos se encherem de lágrimas, também começo a me emocionar. Chego mais perto e a abraço. Com bastante cuidado no começo, com medo de machucá-la, pois ela aparenta estar frágil. Mas logo a menina me aperta com mais força, como se caso me soltasse, eu fosse desaparecer.

— Acho que você não precisa apertar tão forte, Gio — alerta William. — Você pode quebrá-la. A Liz não deve ser tão forte quanto você.

— Quem é essa garota? — pergunta a mesma mulher que eu havia escutado enquanto estava do lado de fora.

Não deixo de notar que William a ignora completamente, aproximando-se pelo outro lado da cama.

— E então... como você está? — pergunta novamente, ansioso por uma resposta da irmã.

— Você é o melhor irmão do mundo! — comemora a menina, jogando-se em seus braços.

Ele sorri e olha diretamente para mim enquanto aproveita o abraço da irmã. Ele agradece mais uma vez sem emitir nenhum som.

Já perdi a conta de quantas desculpas eu pedi e de quantos obrigados ele me deu.

Então me afasto um pouco da cama por não querer interferir naquele momento íntimo e acabo esbarrando sem querer na outra garota, uma loura baixinha e de olhos verdes. Mesmo depois de eu pedir desculpas, ela cruza os braços e me fuzila com o olhar.

— Vê se olha por onde anda!

— Carolina, chega! — dispara William.

— Uuuuhh — diz a irmã, sorrindo. Pela expressão dela, a reação do rapaz parece novidade.

— Por que você ainda está aqui? Não tem que estar aqui! Terminamos há meses! Por favor, deixe a gente em paz.

A loura escuta tudo com uma expressão ainda mais irritada. Ela desvia o olhar para mim, franze as sobrancelhas e então se vira e sai marchando porta afora. Seus saltos ecoam pelo corredor. Ela não tem o mínimo de consideração pelos outros pacientes, isso eu consigo notar.

— Finalmente você fez alguma coisa! — Giovana estende os braços em comemoração. — O que aconteceu com você nessa viagem? Nem parece o meu irmão!

Agora ele me olha sem a expressão acusadora de quando me viu na recepção.

— Eu acho que devo ter passado por um buraco negro e entrado em uma realidade paralela — conta, sentando-se na beirada da cama enquanto a irmã recolhe as pernas para se sentar em posição de índio.

— Bem que nessa realidade paralela eu poderia não ter câncer e a mãe e o pai estarem vivos, né? — lamenta a menina.

William logo se arrepende de ter feito o comentário, e, então, para aliviar a situação, ele volta a falar sobre mim.

— Eu trago a Liz aqui e você fica falando de coisa triste?

— Ai, meu Deus! Eu não consigo acreditar — diz ela, batendo palmas em comemoração e se agitando em cima da cama. — É verdade que você e o Ed estão namorando? Todo mundo só fala nisso!

Na mesma hora olho para William e percebo que ele diminui o sorriso. Então faço um gesto com as mãos, negando o boato.

— Somos só amigos... — respondo enquanto também me sento na cama ao lado da garota.

Essa é uma das coisas que mais me perguntam. Na verdade, se dependesse da internet, eu já teria contabilizado uns trinta namorados diferentes. Ed tem um canal chamado Letra e Música, e um dia nós nos encontramos em um evento de internet. Desde então pipocam diversos comentários sobre isso nas redes sociais.

— Que pena, vocês formariam um casal tão bonitinho! — lamenta a menina, fazendo biquinho, mas logo o assunto se perde, pois ela muda de expressão e pergunta se pode tirar uma foto.

Eu fico conversando por algum tempo com Giovana e, de vez em quando, olho para William e percebo que ele também me observa.

Passo meu número do celular para a menina sob a promessa de que ela nunca deveria dar essa informação para ninguém. Seria o nosso segredo e assim poderíamos conversar sempre. Giovana fica extremamente feliz, dizendo que seremos melhores amigas e que podemos combinar quais informações ela poderia ou não vazar nos grupos do fã-clube. Ela seria minha informante.

O papo só é interrompido quando uma das enfermeiras nos lembra que está na hora de Giovana se preparar para dormir. William passará a noite no hospital, então avisa à irmã que vai me acompanhar até um táxi, mas que voltará logo. Ela concorda, mas antes que deixemos o quarto, acrescenta:

— Até que vocês dois combinam!

O comentário surpreende a nós dois e por isso desviamos o olhar, envergonhados. A menina então dá de ombros e se ajeita na cama para que possa descansar.

CAPÍTULO 12: *William*

— Obrigado — agradeço pela milésima vez.

— Acho que já deu de agradecer. — Liz tenta dispensar o agradecimento enquanto caminhamos para a noite fria, mas eu a interrompo e então paramos na saída do hospital.

— Não. É sério — insisto. — Há muito tempo eu não via minha irmã tão feliz.

Sorrio ao lembrar da expressão de Giovana quando viu Liz. Depois de diversos procedimentos difíceis, a menina precisava de um pouco de alegria. É por isso que sinto a necessidade de agradecer.

— Eu fiquei com medo — admite Liz.

Em um primeiro momento não entendo e minha testa se franze em sinal de confusão.

— Fiquei com medo de falar quem eu era — continua ela enquanto passa a mão pelo cabelo, para então deixá-lo cair ao lado do corpo. — São poucas as vezes que conheço pessoas que não sabem quem eu sou. Então quis deixar esse momento preservado. Mas não consegui ignorar a sua irmã. Não consegui ignorar o fato de que você queria o bem dela. Mudei de ideia no meio do caminho.

Eu, que antes tinha uma expressão aliviada e feliz, assumo uma postura séria e resignada. Ela teve medo? Ela não chegou nem perto de sentir o que é medo um dia. Medo foi o que eu senti quando os meus pais faleceram. Quando tudo que eu tinha pensado do meu futuro foi por água abaixo.

— Fiquei com muita raiva — digo, sem mostrar qualquer empatia. — Como aquela garota que foi tão legal comigo no avião poderia ser capaz de fazer uma coisa dessas? É a minha irmã, pô!

Suplico por um motivo para Liz ter feito aquilo. Eu quero, mais do que nunca, que ela tenha uma explicação que eu possa perdoar.

— Você sabe o que é ter as pessoas te julgando a cada passo? Cada ação e decisão que você toma? — pergunta ela. E eu reconheço o sentimento. — Cheguei a um ponto que tomo extremo cuidado ao ler comentários na internet. Além disso, tenho que provar o tempo todo que o que faço não é besteira. Que pode mudar a vida de uma pessoa — diz ela, e aponta para a porta do hospital. — Pois mudou o dia da sua irmã!

Abaixo a cabeça para desviar minha atenção dos olhos tristes de Liz. Costumava evitar confrontos, mas naquele momento eu estava bem no meio de um.

— Sabe o que me faz continuar? — pergunta ela, e sem esperar por uma resposta, continua: — As pessoas. E o que um pouco de atenção e carinho podem fazer por elas.

— Você não precisava ter mentido para mim.

— Por que você seria diferente dos outros?

A pergunta me atinge em cheio. Por que comigo seria diferente? É óbvio que para ela eu sou um risco como qualquer outra pessoa.

— Sei o que é isso. Ter todo mundo te olhando, esperando por um erro — respondo. — Desde que meus pais morreram, todas as pessoas esperam que eu vacile, que o cara de vinte e três anos simplesmente jogue tudo pro alto e vá viver sua vida. Esperam para me crucificar depois.

— Você mesmo disse que era uma bobagem — relembra ela, agora chorando.

— O quê? — pergunto, confuso.

— Quando você me contou do pedido da sua irmã. Você disse que era uma besteira. Que fazer esse trabalho na internet era besteira.

— Espere aí! — interrompo, falando um pouco mais alto do que deveria. Uma das enfermeiras faz uma cara feia para mim e então diminuo o tom de voz. — Eu não disse isso. Falei que era besteira por achar que talvez você não se importasse com um pedido desses. Eu não fazia ideia de que era você. Não podia julgar sem saber. Mas agora tem uma coisa que eu sei: o que você fez lá dentro pela minha irmã.

Liz fica sem palavras. Esse foi um dia composto por mal-entendidos. Parece que nunca consigo escapar deles.

— Acho que poderíamos começar de novo então — digo.

Percebo que Liz não entende o que eu quis dizer, então me afasto para estender a mão direita para ela.

— Prazer, William Duarte. Muitas pessoas me conhecem apenas como Duarte, ou Wil.

Ela olha confusa para a mão estendida, mas assente e sorri estendendo também a mão direita para pegar a minha.

— Liziane, mais conhecida como Liz. O prazer é todo meu.

Ficamos nos encarando e sorrindo por algum tempo até deixarmos nossas mãos se afastarem.

— Eu acho que você precisa voltar lá pra dentro — lembra ela, indicando com a cabeça a porta da recepção.

— Acho que sim — confirmo. — Preciso falar com o médico dela. E você precisa pegar o táxi para conseguir um casamento arranjado e bem valioso.

Rimos da situação e nenhum dos dois faz qualquer movimento para ir embora. Dou um pigarro e abaixo a cabeça, colocando as mãos no bolso da calça. Então volto a olhar para Liz.

— Como acabei de te conhecer, acho que posso convidar pra fazer alguma coisa amanhã, certo? — pergunto, inseguro.

Ela concorda com a cabeça.

— Sua irmã tem meu número — diz enquanto faz sinal para um dos taxistas. — A gente pode combinar. Só preciso saber que horas estarei livre porque minha irmã quer que eu conheça o namorado dela.

— Verdade! Capaz de eu ter que encontrar com meu amigo e a noiva, mas a gente dá um jeito. — Dou um leve sorriso.

Observamos o taxista se aproximar e sair do carro para pegar a mala de Liz. Está acontecendo novamente. Estamos nos despedindo e nada garante que vamos no ver, de fato, outra vez.

O porta-malas se fecha em uma batida e eu sei o que preciso fazer.

Antes que Liz possa novamente dar tchau e entrar no carro, chego mais perto abraçando-a pela cintura com a mão direita, enquanto a outra desliza pela sua nuca e aproxima seus lábios dos meus. Começo com um beijo calmo, mas ao perceber que Liz corresponde eu me aproximo mais. Aumento o ritmo, como se estivesse esperando por isso há muito tempo.

Nós nos separamos de repente, ambos com a respiração ofegante e sem acreditar no que tinha acabado de acontecer.

Eu sou o primeiro a me recuperar, então dou um sorriso tímido, meio de lado.

— Gosto desse sorriso — diz ela, e se vira para entrar no táxi.

Dessa vez eu a deixo ir, tendo a certeza de que nos encontraremos novamente.

Epílogo

— Olá-á-á!

Uma garota aparece na tela e faz um movimento com as mãos, cumprimentando quem lhe assiste.

— Sabem que dia é hoje? 12 de junho. Dia dos namorados. O dia que os namorados enchem a timeline com declarações e os solteiros ficam chateadinhos falando como a vida deles é tão melhor. E não... — Ela faz uma pausa dramática. — Eu não vim aqui falar sobre esse dia tão amado e odiado. Eu vim contar para vocês o que eu aprendi recentemente.

"Nesse momento estou na casa dos meus pais em Florianópolis e, na viagem para cá, observei muitas coisas. Primeiro que o aeroporto fechou por causa da tempestade, então realmente fui obrigada a observar, afinal era a única coisa que eu tinha para fazer."

A garota sorri de forma cúmplice para a câmera e retoma a sua história:

— Enfim, eu tive muito tempo para observar, pensar na vida e conhecer algumas pessoas. — Ela sorri nostálgica. — Conheci uma senhora muito simpática que resolvia palavras cruzadas enquanto esperava o voo e ela me contou uma história que me deixou pensativa: que o amor da sua vida era uma das pessoas que ela mais detestava. — A garota faz um sinal de aspas com as mãos para ilustrar. — Seus pais sempre diziam que um dia eles se casariam e adivinhem? Foi isso o que aconteceu. Um belo dia esse garoto apareceu na casa dela e a pediu em casamento. Assim. Do nada. O mais estranho de tudo? Ela aceitou! Os dois não se davam bem porque, para a época, ela era uma garota bem diferente. Não abaixava a cabeça para nenhum homem e sempre tinha uma resposta na ponta da língua. O garoto com quem ela tanto brigava se apaixonou por ela por ela ser assim: diferente das outras garotas. Ela era inteligente e o desafiava. Ele disse que ela o inspirava todos os dias a ser alguém melhor. — A garota sorri para a câmera e conclui: — E o casamento durou muitos e muitos anos.

A garota suspira e depois de mais uma pausa continua:

— Essa é só uma história de amor, mas sabem o que ela também me disse? Que a gente não pode se fechar por medo de sofrer. Que ao nos trancarmos, além de deixarmos a tristeza de fora, também deixamos qualquer possibilidade da felicidade entrar.

A câmera dá um zoom e a garota agora aparece em um plano mais fechado.

— Eu sempre fui uma pessoa que não fala muito sobre sentimentos, sabem? Tentando manter afastado tudo aquilo que pudesse me fazer mal. E foi aí que essa senhora me surpreendeu! Eu esqueci que ao me fechar também deixei para lá os sentimentos bons.

A imagem retorna ao plano original.

— O mais engraçado é que, nessa mesma viagem, pude ver exatamente isso. Ao continuar afastando as pessoas que se aproximavam de mim, quase deixei escapar algo maravilhoso. Estava prestes a não confiar nas pessoas mais uma vez. Ainda bem que o caminho do aeroporto até a minha casa era longo, pois tive tempo de mudar de ideia! — Ela brinca, sabendo que aquela piada apenas uma pessoa entenderá. — Eu contei essa história louca por um motivo: não desmereçam o que as outras pessoas sentem. Deixem que sejam felizes e se permitam isso também! Vocês muitas vezes não sabem a história de alguém e já se armam, no desespero de não ser atacados. De sofrer. Ou de se decepcionar. Deixem de lado o orgulho e afastem o preconceito. O candidato a amor da sua vida pode ser quem você menos espera, até aquela pessoa desconhecida ao seu lado no avião. — E então dá uma piscadela cúmplice para a câmera. — A vida é muito curta para colecionar decepções e fazer delas seu calvário. Hoje eu sei que posso me permitir amar sem deixar os meus sonhos de lado. — Um sorriso sincero surge em seus lábios. — Feliz Dia dos Namorados!

(Re)começos

Bel Rodrigues

UM

Silêncio. Finalmente a ausência de sons altos no segundo andar da casa, mais precisamente no quarto de Maria Eduarda. Além de a semana estar sendo uma das mais intensas da sua vida, ter que lidar com qualquer tipo de barulho — por mais natural que fosse — parecia uma afronta à saúde mental da garota. Sua mãe assistindo à novela das nove na televisão, seu pai folheando o jornal que ele já tinha lido pela manhã e sua irmã no celular com alguma amiga, planejando o final de semana... Tudo isso estava deixando Madu desnorteada. Após fechar a porta do quarto e colocar o fone de ouvido, se jogou na cama, percebendo que as sombras projetadas no teto por conta da luz do poste da rua eram a coisa mais interessante que ela havia visto durante esta longa e exaustiva semana. Que ironia.

All we need is just a little patience
(Tudo que precisamos é de um pouco de paciência)

Enquanto as estrelas tomavam o céu lá fora, Guns n' Roses invadia os ouvidos e pensamentos de Madu. As coisas precisavam acontecer, mágoas antigas precisavam ser curadas para que novas mágoas fossem construídas. E assim continuaria a vida, porque ela nunca se interrompe para que você levante de uma queda; é justamente essa continuidade que faz as feridas cicatrizarem.

— Não sei como a Madu, logo a Madu, se deixou abalar tanto por causa de uma amiga qualquer. A gente faz novas amizades o tempo todo! Se a pessoa escolhe estragar a amizade, problema dela! — Mari, a irmã mais nova de Madu, enfatizava a situação da irmã ao telefone.

— É estranho como ela é fechada e não tá nem aí pros meninos, né?! Eu sempre pensei nela como uma mulher tão forte e decidida. Não consigo acreditar que tá assim por conta da Julie. Elas nem eram tão grudadas... — respondeu a amiga.

— Eu não entendo nada da minha irmã. Nunca entendi — finalizou Mari.

De fato, Madu nunca se importou muito com o que os garotos pensavam dela. Os longos cabelos pretos com algumas mechas lilás e as muitas tatuagens (já contabilizava seis) costumavam fazer sucesso no Ensino Médio, quando ainda nem entendia direito o que, de fato, era estar apaixonada por alguém. Madu possuía um olhar arrebatador e extremamente expressivo. De tempos em tempos, os mesmos rumores circulavam: ela havia se encontrado com algum garoto em tal lugar, e os dois até ficaram por um tempinho, até Madu se cansar e decidir colocar um ponto final naquilo. E por nunca ter negado as histórias sobre sua vida pessoal, ela era reconhecida como uma das garotas populares de personalidade mais forte que aquele pessoal já havia visto.

Assim como ocorria na escola, ela preferia manter seus relacionamentos longe dos ouvidos dos pais. Claro que eles também já ouviram alguns boatos sobre a garota, mas sabiam que ela conversaria com eles caso fosse algo sério.

Morar em São Paulo tem suas vantagens e desvantagens. Mesmo sendo uma cidade imensa, Madu tinha a impressão de que todos se conheciam ou possuíam certa ligação. Todas as vezes que ela saiu à noite para tentar se enturmar melhor com o pessoal da escola, avistou um ou dois rostos conhecidos da família observando cada passo seu. E ela sabia o motivo. A mãe, Luíza, era uma mulher de meia-idade, com cabelo castanho na altura do ombro, elegante e conhecida por muitos brasileiros. A razão? Formada em Jornalismo e Letras, e com mestrado e doutorado nas costas, ela apresentava o *Noticiando*, o maior telejornal regional.

Madu sempre pisou em ovos em relação aos locais públicos. Pensava que estava sendo observada constantemente por algum informante de sua mãe. E não era paranoia! Isso já havia acontecido inúmeras vezes. A mínima vontade de sair, somada à paixão por tecnologia, fez Madu se apaixonar pelo admirável mundo novo dos adolescentes platônicos: o YouTube.

— Oi, Sofi. Vi que você me mandou uma mensagem mais cedo e só agora consegui te ligar. Era algo importante? — Madu resolveu dar um sinal de vida para Sofia, uma de suas melhores amigas.

— Não, Maria Eduarda. Estou muitíssimo bem se desconsiderarmos que a minha melhor amiga sumiu às três da tarde e até dez da noite sequer atendeu o telefone ou visualizou minhas mensagens. — Sofia falava calma e ironicamente. — Mas, tirando isso, tá tudo beleza!

Madu hesitou um pouco. Sabia que havia deixado a amiga preocupada, mas precisava desse tempo. Desde pequena, preferia lidar sozinha com seus problemas e tinha dificuldade em pedir ajuda ou depender de alguém.

— Que drama... Você sabe o que aconteceu. Aliás, é a única pessoa que sabe de toda a história com a Julie. Desde o começo. E você também me conhece o bastante pra saber que lido com meus problemas desse jeito. Desculpa, Sofia. De verdade. Não quis que ficasse tão preocupada assim. — Madu tentou amenizar a situação.

— Não é drama, Madu! Eu conheço você o suficiente para me assustar com qualquer desaparecimento repentino, ainda mais depois de uma decepção tão grande. Simplesmente sei que você se importa com seus amigos a ponto de se esquecer de si, e, se fosse atrás da Julie, eu teria ficado muito brava — desabafou Sofia.

— Sofi, você lembra o que eu te falei na última vez que a Julie fez alguma coisa que me magoou? — Madu questionou.

— Que seria a última vez *meeeesmo*. E que você sabe reconhecer seu próprio limite e não o ultrapassaria por alguém que não atravessa uma rua por você — respondeu Sofia prontamente.

— Exatamente. Toda essa situação da Julie me deixou pensando se eu realmente sou uma boa amiga. Me questionei diversas vezes sobre onde eu errei, mandei um monte de mensagens pra ela... Tentei, de verdade, entender tudo que estava acontecendo. E essa é a minha certeza no momento: sou o único lado da história que tentou. E acredito que basta — constatou Madu, com a voz embargada. — Preciso dormir, amiga.

— Eu já cansei de te falar que não há nada de errado com você. O problema tá *nela*. Você bem sabe que eu seria a primeira pessoa que falaria caso a errada da história fosse você. Enfim, amiga, amanhã a gente conversa melhor. Vai contar pelo menos isso pra sua mãe, né?! — Sofia questionou.

— Prometo que vou tentar — respondeu Madu, olhando para o teto.

— Não me faça te obrigar. Boa noite, diaba! — Sofia encerrou a conversa e a ligação.

Ao desligar o celular, Madu decidiu continuar observando as sombras projetadas no teto, mas agora estava com a alma um pouco mais leve. O que mais poderia ter feito? Ninguém sabe o que se passa na cabeça de outra pessoa, mas quem está preparado para uma decepção? Mesmo sabendo que pode acontecer, que as chances foram de 10 para 50%, a gente nunca está pronto para enfrentar algo assim. Simplesmente por querermos acreditar que é possível mudar alguém. Acreditamos que, quando entregamos nossa alma a uma pessoa, receberemos algo à altura. Ninguém nos ensina como evitar uma decepção. Sentir que persistiu ao lutar por uma amizade é mais forte do que a dor de perdê-la tão de repente.

Madu ouviu alguém bater levemente na porta do quarto.

— Maria Eduarda, quer conversar?

— Entra, mãe — respondeu Madu, enquanto se ajeitava para sentar na cama e apoiar as costas na cabeceira.

Luíza entrou no quarto e rapidamente fechou a porta. Notou que a filha estava com olheiras e com o cabelo preso de qualquer jeito. Uma aparência cansada.

— O que aconteceu? Não me esconda nada, Dudinha. Você sabe que pode confiar em mim sempre. — Luíza encarava a filha enquanto falava. — Vamos lá, desembucha!

Madu concordou com a cabeça e respirou fundo.

— Então, mãe... Eu realmente não tenho muito o que falar sobre tudo que não aconteceu. Sim, não aconteceu. Você sabe que a Julie é a minha melhor amiga há mais de onze anos, né?! E também sabe que ela sempre foi tratada igual rainha aqui em casa; eu fazia de tudo pra ela se sentir à vontade diante de qualquer situação. — Madu percebeu que a mãe estava concordando com ela. — A Julie foi, por muito tempo, o meu ideal de família: para quem eu podia ligar no meio da noite pra falar sobre qualquer coisa; alguém que estava sempre presente, apesar da distância; uma pessoa que entendia todos os meus anseios e que não me diminuía nem por um segundo se não concordasse comigo. Julie era esse alicerce pra mim. E não são dois ou três anos de amizade, são onze! — desabafou Madu, olhando fixamente para baixo.

— Dudinha, você está me assustando. É claro que eu sei de tudo isso. A Julie é — Luíza pensou melhor —, ou era, parte da nossa família também. Infinitas as vezes que afirmamos isso.

— Mãe... Ela *era*. Há mais ou menos um ano, a Julie começou a agir de uma maneira muito estranha e não contava mais nada pra ninguém; nem pra mim, nem pra Sofi. Depois que terminei com o Beto, ela fez mil perguntas sobre o que havia acontecido, se mostrou superpreocupada, mandava mensagens e me ligava toda hora. Normal. Até que isso começou a desaparecer... Ela não era mais tão ativa no nosso grupo e, quando ela foi estudar em outro colégio, a situação piorou. Ela ficou praticamente incomunicável, quase como se quisesse que a gente não ficasse perguntando sobre a vida dela. — Madu falava rapidamente enquanto gesticulava com as mãos.

— Logo estranhei ela não ter vindo no aniversário da Mari. Enviei até um convite! Quem faz isso hoje em dia?! — Luíza indignou-se e arrancou um sorriso de Madu. — Continue, filha.

— Depois de dois meses de muita insistência minha e da Sofi, decidimos deixar quieto. Mandamos um monte de mensagens, fomos na casa dela umas três vezes, e em todas a dona Iara atendeu a porta e disse que a Julie não estava. Mesmo quando eu vi que a mochila e o celular dela estavam jogados no sofá da sala. Fiquei me perguntando o porquê de tudo aquilo, questionei de diversas maneiras e hoje até me arrependo um pouco de ter acreditado que aquela situação toda poderia ser culpa minha, mesmo que a minha consciência me avisasse a todo momento que eu não tinha feito nada de errado. — Madu continuou a história.

— Como ela pôde fazer isso? Você tem certeza de que não houve nada? Nadinha mesmo? Nem uma briguinha boba, uma discussão qualquer... Nada? — Luíza questionou Madu enquanto encarava a filha negando com a cabeça todas as perguntas.

— Nada. E calma que eu não cheguei na melhor parte... — Madu pegou um travesseiro e o colocou nas costas para ter mais conforto. — Anteontem eu estava no Facebook. Como sempre, parei de seguir uns, excluí outros e de repente... TCHARAM! Surge uma foto da Julie com o Beto. Eu estava tentando entender aquela foto quando a Sofia e o Felipe me chamaram no chat dizendo exatamente a mesma coisa: "COMO ASSIM A JULIE E O ROBERTO ESTÃO NAMORANDO?", quase que em coro. E aí eu cliquei no perfil da Julie e... *Julie Fontana Trevi está em um relacionamento sério com Roberto Santiago.* — Luíza não esperou Madu concluir, levantou-se logo da cama e gritou:

— MARIA EDUARDA, O QUE VOCÊ TÁ FALANDO? É o mesmo Roberto que eu tô pensando? — indagou em voz alta.

— Mãe, fala baixo! E, sim, é o Roberto que você tá pensando. Meu ex-namorado. O mesmo que a Julie sempre soube como era difícil. Mãe, eu lembro como se fosse ontem ela me falando que eu merecia coisa melhor! E eu realmente mereço. Fiquei muito preocupada quando vi que ela tá com ele agora, porque o Beto abalou meu emocional de uma forma que não desejo pra ninguém. Mesmo. Você sabe que ainda não me recuperei de todos aqueles abusos psicológicos, mesmo depois de oito meses. Depois dessa agradável novidade, até cogitei ligar para a minha terapeuta e voltar a me consultar, mas desisti — desabafou Madu.

— Eu não sei o que falar, por incrível que pareça. E você sabe que palavras são o meu forte. Acredito que ela não pensou em ninguém além de si e que não cabe a você fazê-la ouvir. Não precisa ser diplomática vinte e quatro horas por dia, Dudinha. Ninguém é de ferro, mesmo que eu tenha certeza de que você é feita de um material bem resistente. — Luíza deu uma piscadinha para a filha, que sorriu de leve. — O que você pode fazer é simples: continuar com a sua vida e tentar focar apenas nos momentos legais com a Julie. As pessoas mudam, filha. E nem sempre essas mudanças nos agradam — concluiu.

— É, mãe... Depois de pensar muito e de levar uma megabronca da Sofi, e olha que quem geralmente dá bronca sou eu, percebi que fiz o possível. Namorar o Roberto me ensinou a dizer "não" sem precisar me justificar. E é exatamente isso que estou buscando agora: aprender que o primeiro passo é aceitar que só eu posso mandar na minha vida. Lembrar que sou a única que pode afirmar que tentou mudar ou reverter a situação; e que as coisas nem sempre saem como a gente espera, mas, pelo menos, ensinam algo. Quando não nos engrandecem como pessoas, servem de experiência — concluiu Madu, sorrindo sinceramente pela primeira vez naquela semana.

— Me orgulho muito de você, principalmente sabendo o quanto você se importa e é cuidadosa com suas amizades. Azar de quem não sabe valorizar isso. E serve tanto para amizades quanto para os seus amores, senhorita — falou Luíza, olhando diretamente para Madu. — Agora me diga: tem algum gatinho novo na parada, hein?!

Madu revirou os olhos e foi caminhando calmamente até o banheiro.

— Mãe, a conversa tá tão legal... Não passe dos limites, ok? — pediu em meio a gargalhadas.

— Ok, desculpa. — Luíza brincou. — Vou dormir porque amanhã o batente é cedo! Vê se não demora pra ir também!

— Vou tomar banho, ver algum seriado e dormir também. Boa noite, mãe! — Madu despediu-se enquanto observava a mãe mandar beijos e sair do quarto.

A conversa reveladora com a mãe tirou um peso enorme das suas costas. Nem sempre gostava de compartilhar suas mágoas e anseios, mas parecia impossível manter todo aquele emaranhado de sentimentos para si. E, ao deitar a cabeça no travesseiro, Madu teve certeza de que havia feito a coisa certa.

DOIS

O sol brilhava, iluminando a terça-feira. Passava um pouco das sete da manhã e as buzinas já soavam pela cidade. Madu ouviu o despertador exatamente às 7h40. Em questão de segundos, "New Romantics", da Taylor, ecoava pelo quarto inteiro.

— Ai, Taylor. Eu até gosto de você, mas acho que precisa sair do meu despertador... — resmungou Madu enquanto desligava o alarme do celular.

Após três minutos de enrolação na cama, finalmente se espreguiçou e resolveu se levantar. O banheiro de Madu era espaçoso e, curiosamente, suas paredes eram pretas. Quando estavam reformando a casa, ela escolheu tons escuros com a desculpa de que os olhos precisavam se acostumar depois de acordar e a claridade do banheiro não ajudaria. Seu pai, André, achou que era pura frescura de adolescente. Mas a verdade é que Madu gostava de cores escuras e a mãe já tinha praticamente obrigado a garota a escolher uma cor mais leve para o quarto, então decidiu ousar no banheiro.

A bancada da pia e o pequeno armário que ficava sobre ela abrigavam batons, hidratantes corporais e máscaras para cílios. Madu era apaixonada por lábios coloridos e um olhar marcante. Sofia vivia dizendo que ela não precisava, pois seus olhos amendoados e pretos já eram acentuados o suficiente, principalmente em conjunto com seu tão expressivo olhar. Ainda assim, Madu fazia questão de ressaltar os cílios e vez ou outra marcar as pálpebras com delineador.

Ao sair do banho, ela fez uma rápida hidratação na pele, passou protetor solar, realçou os cílios com máscara e aplicou um batom marrom nos lábios. Olhou para o relógio e se deu conta de que já estava em cima da hora, então abriu o armário e escolheu sua combinação mais clássica: shorts jeans, meia-calça preta, blusa preta estampada com a frase "Not today, Satan" e um cardigã bege. Era o auge do inverno em São Paulo e, apesar de o sol brilhar, um vento gelado garantiria que a temperatura não subisse.

— Bolsa, ok. Estojo, ok. Caderno, ok. Hã... Ah, cigarro! — Madu costumava conferir tudo antes de sair.

— Vai demorar, Maria Eduarda? Preciso estar no estúdio em trinta minutos! Anda logo! — gritou Luíza do primeiro andar. Ela já estava esperando a filha há tempos.

— Tô descendo! — Madu surgiu na escada e, ao chegar na cozinha, pegou uma ameixa e foi até a porta. — Vamos?

— Você vai comer só uma ameixa de café da manhã? — Luíza perguntou de cara feia.

— Sim. Hoje provavelmente é meu último dia de aula, pois vão anunciar os alunos que passaram direto e os que precisam ir durante o resto do mês. E eu passei direto. Espero... — afirmou Madu, soltando uma risadinha.

— Ou você passa direto ou pode esquecer a viagem, mocinha — afirmou Luíza enquanto as duas caminhavam até o carro.

— Nem ferrando!

Madu era determinada demais para deixar aquela viagem escapar. Em fevereiro, seus pais ofereceram uma viagem de aniversário em troca do bom desempenho na escola. A ideia era deixar Madu escolher qualquer lugar do Brasil para conhecer durante o último final de semana de julho. O resultado? Madu fechou o semestre com média 9,2. Ela estudava em um dos colégios mais difíceis da região e nunca teve muita dificuldade na escola (apenas uma fase difícil após o término do namoro). Fora isso, a garota sempre ficava entre os primeiros da classe. Ela culpava o signo pela determinação, força de vontade e comprometimento, como uma boa leonina de ascendente em escorpião e lua em aquário. Justificava diversos pontos de sua forte personalidade apresentando o mapa astral, nem se importava com quem não acreditava em astrologia. Ela acreditava. E isso sempre bastou.

∽∾∿

— O que você tá fazendo aqui, menina? Quer esfregar na minha cara que passou direto? — perguntou Sofia, virando-se para Madu e observando a garota tirar os fones de ouvido.

— Bom dia pra você também, Sofi — respondeu Madu.

— É sério, amiga, por que você veio? Você passou direto, não passou?!

— Sim, só preciso falar com o professor de Física para saber se o trabalho será entregue na primeira ou na segunda semana de agosto. E também vim me despedir, né!? — Madu abriu um sorriso e olhou para a expressão de choro de Sofia.

— Eu vou morrer de saudades. E ficarei muito brava se não me contar exatamente tudo, cada passo, cada refeição, cada banho tomado em Búzios. Você sabe que eu sou superprotetora, então me respeite e faça o favor de me manter atualizada. E vê se não esquece de assistir ao Letra & Música! O Ed tá fazendo dois vlogs por semana e estou ainda mais apaixonada por ele.

— Eu culpo esse teu sol em câncer. Pelo amor de Deus, aquela vez que você quase desmaiou só porque eu brinquei que estava no hospital foi preocupante — relembrou Madu, sorrindo largo. — E sobre o YouTube: é óbvio que não vou me esquecer de assistir. Preciso admitir que também acho o cara muito, muito bonito. E o canal é ótimo!

— Vai catar coquinho, Maria Eduarda. Só você acha supernormal inventar pra melhor amiga que está com pneumonia. — Sofia revirou os olhos. — Ai, sério, vou sentir sua falta.

— Eu também — confessou Madu. — E também vou querer saber como você está! Principalmente agora que o Théo voltou dos Estados Unidos... — Sorrindo, ela piscou para a amiga.

— Para, Madu! Eu não consigo perdoar o Théo. Como ele ainda anda com o Beto mesmo depois de saber tudo o que ele fez com você? Agora que ele e a Julie estão namorando, piorou! Meu Deus! Eu ainda fico achando que isso é uma piada de mau gosto.

— Shhh, fala baixo! Deixa quieto, Sofi. O Théo é e sempre foi uma pessoa muito incrível. Não tem nada a ver desmerecer as atitudes dele por causa do Roberto; o fato de o Roberto ser um otário não invalida a bondade do Théo. Põe isso na cabeça, sua louca! — Madu sorria, mas, no fundo, ainda sentia uma pontada no peito quando o assunto era o ex-namorado.

— É, você tá certa... — concordou Sofia a contragosto.

Alguns minutos depois, Madu achou uma brecha da aula de Física para questionar o professor a respeito do trabalho, então se despediu de Sofia para voltar a pé para casa. O dia estava bonito demais para não ser apreciado, exatamente o clima aconchegante que ela adorava: ensolarado, mas com um ventinho frio, espantando o calor. Algumas quadras depois, tirou um cigarro da bolsa e o acendeu. Ela já havia parado de fumar uma vez, mas bastou o relacionamento com Roberto ir de mal a pior para voltar à sua ferramenta de escape preferida. Funcionava como um calmante, e também não era nada saudável; ela tinha noção. Já prometera para a mãe que iria parar até o final do ano, mas temia que se tornasse uma promessa não cumprida. E Madu não costumava fazer promessas em vão.

Depois da primeira tragada, observou as pessoas ao

seu redor. Algumas passavam correndo, provavelmente atrasadas para o trabalho. Outras passeavam com suas crianças e animais de estimação. Cada uma com seu jeito e com suas manias. Madu adorava observar os hábitos alheios, poderia passar horas e horas na janela do quarto, olhando os apartamentos da frente. Assim como poderia passar horas sentada no banco de um parque qualquer, apenas observando tudo e todos. O cigarro já estava acabando, quando ela se aproximou de casa. Logo ao abrir o portão, deu de cara com a irmã se despedindo do possível--primeiro-namorado.

— Tchau, Gabriel! Me liga quando chegar? — Mari perguntou fazendo uma voz fina depois de abraçar o rapaz.

Madu achou a cena engraçada, mas só esboçou um sorriso discreto.

— Te chamo no celular, tá?! Até mais tarde! — O garoto respondeu e deu um selinho em Mari. — Oi... E tchau! — completou ao passar por Madu.

Ela acenou para o rapaz e voltou a olhar Mari.

— Que diabos foi essa voz de bebê que você fez, Mariana? Você tem catorze anos, tá?! — Ela não conseguiu conter o riso.

— Não é porque você é grossa que eu também tenho que ser, Maria Eduarda! Eu amo o Gabriel! — Mari esbravejou e saiu pisando duro.

— Tsc, mal sabe o que é amor... — falou a garota baixinho, num quase suspiro.

Finalmente Madu estava em casa e não precisaria

mais se preocupar com a escola, agora ela teria um tempo apenas para pensar na viagem. Mal conseguia acreditar que já era na sexta-feira!

A primeira coisa que fez foi ligar o notebook e ver os vídeos novos de suas inscrições no YouTube. Assistir a vídeos era praticamente uma terapia, principalmente dos canais que ela acompanhava e tanto adorava. Vídeos de opinião sempre foram os seus preferidos, mas ela assistia de tudo: covers de músicas, receitas, esquetes de humor, gamers.

Ela e Sofia acompanhavam muitos youtubers. Sofia era apaixonada pelo estilo e pela personalidade de Liz, uma das mais famosas do país. Madu também acompanhava o canal da garota, mas seu favorito mesmo era o Letra & Música, do Ed. Era apaixonada pelos covers — tanto os de música pop, quanto os de rock — e mais ainda pelos vídeos sobre causas sociais. O feminismo, o movimento dos negros e a causa LGBT eram temas constantemente abordados e de seu interesse. Quando se sentava para assistir a vídeos, ela não via a hora passar.

Depois de uma hora e meia, Madu deu uma pausa na maratona de vídeos e resolveu dedicar-se à viagem. Antes de tudo, procurou saber como estaria o clima nos dias que passaria na cidade para saber quais roupas levar. Em poucos minutos, tinha mais de quinze abas abertas em seu navegador. Era difícil conter a empolgação diante de tantos lugares bacanas para visitar, apesar do pouco tempo que ficaria por lá...

TRÊS

Já passava de duas da manhã e Madu ainda estava encarando a tela do laptop. Havia assistido a mais de trinta vídeos, incluindo as seis vezes seguidas que viu o Ed Müller fazendo cover de uma de suas músicas favoritas, "Black", do Pearl Jam. Deu um suspiro demorado e ficou pensando nos três milhões de inscritos do youtuber e nos mais de cinco mil comentários que ele recebia a cada vídeo postado. Será que conseguia ler todos?

Ela não costumava postar nada, mas dessa vez deixou um "você é um grande favor à humanidade" perdido entre tantos outros comentários.

O YouTube era uma ferramenta de escape depois do término. Nos primeiros meses de terapia, ela não via saída para seus problemas e não confiava em nada que a terapeuta dizia. Acreditava que os pais achavam que ela estava fora de si, então era mais fácil aceitar e acreditar nisso também. Com o passar dos meses, a garota percebeu que, como sempre, o pai e a mãe só queriam o melhor para ela.

O relacionamento com Roberto havia acabado de uma forma muito brusca e exaustiva, fazendo Madu crer que tinha uma parcela de culpa por todas as inúmeras crises de ciúmes do ex-namorado. Ao tentar desviar o pensamento, fitou o porta-retratos que estava sobre a escrivaninha, que continha a foto de uma de suas tatuagens; esta, em específico, ela decidiu fazer logo após o término. A frase "don't carry the world upon your shoulders" (não carregue o mundo sobre os ombros) estava marcada nas suas costas, um pouco abaixo do ombro direito. Não demorou muito para perder-se em meio às memórias de um passado que ela lutava para esquecer.

Um ano atrás

— Beto, por favor, não me faça ter que repetir pela quinta vez: não vou trocar o vestido porque você acha muito curto. As roupas são minhas e, principalmente, o corpo também — afirmava Madu, exausta. Aquela era a décima briga da semana.

— Então você pode ir sozinha para o aniversário da sua amiga. E nem pense em voltar aqui, porque eu não namoro garota que quer aparecer para outros caras. — Roberto insistia naquele comportamento possessivo e descontrolado.

— Tá falando sério? Você é o primeiro cara com quem assumo um compromisso, namoramos há um ano, você me conhece desde que eu nasci e preciso ouvir que quero OUTROS HOMENS? — enfatizou a garota, soltando uma gargalhada irônica. — Vai se tratar!

— Gostava mais de você quando era virgem. Pelo menos não se vestia para agradar outros além de mim e ainda tinha algo interessante pra me oferecer — disse Roberto com uma frieza notável, enquanto checava as notificações no celular.

Madu engoliu seco. Não conseguia acreditar que a situação havia chegado naquele ponto e se perguntou o que ainda estava fazendo ali. Sua vontade era correr para casa e nunca mais sair do quarto. Em vez disso, ela respirou fundo e continuou:

— Caramba, quem você pensa que é?! Beto, você é só um cara. E eu sou uma imensidão, sinto universos crescendo dentro de mim todos os dias. E você continua sendo só um cara que infelizmente pensei que poderia mudar, que poderia ser diferente. Mas adivinha só?! Falta de caráter não tem conserto. Não é porque você tocou meu corpo com essas mãos sujas que vou deixar virar uma rotina. Eu tô cansada do seu ego inflado! — Madu sentiu-se surpreendentemente leve depois daquelas palavras, como se um peso tivesse sido removido das costas.

— Tá louca, Maria Eduarda? De onde você tirou essa besteirada? — Roberto estava nervoso.

— Dos quase cinco meses sendo uma pessoa completamente diferente só porque você queria que fosse assim. Nosso namoro me faz mal e só agora consigo enxergar o óbvio: eu me apaixonei pela ideia que tinha de você, não por quem você realmente é — desabafou.

— Ah, Maria Eduarda, me poupe dos seus dramas.

Você nunca aguentou ouvir verdades, precisa sempre dramatizar uma situação e virar o jogo, tentando me culpar por seus problemas. Acha que só *você* passa por situações difíceis? As mulheres são todas iguais mesmo, quando o cara quer uma pra casar, elas inventam de sair com roupa curta só porque sabem que isso vai chamar atenção e provocar discussões, querem um motivo para não assumir a verdadeira intenção: ir atrás de quem as trata mal! — Ele aumentou a voz e apontou o dedo para a garota. O reflexo de Madu foi dar um tapa na mão de Roberto, protestando contra o gesto autoritário.

— Você deve sofrer bastante. Tem um carro zero na garagem, apartamento que os seus pais te deram, estuda em um dos colégios mais caros da cidade e, além de tudo, é homem e caucasiano. Deve ser difícil ser você! Egoísta! — gritava Madu. — Olhe a sua volta, o mundo não gira em torno do seu umbigo. Me preocupa você não perceber que é extremamente machista. Nunca te vi reconhecendo seus privilégios. Esse é o primeiro sinal de que é uma pessoa privilegiada. Você continua tentando me diminuir por causa das roupas que eu uso, coloca minha fidelidade em jogo como se alguma vez eu já tivesse te dado motivo. Patético. Se a minha intenção fosse ficar com alguém que me trata mal, eu não estaria terminando o nosso namoro hoje — ela finalizou, encarando Roberto nos olhos.

— Vai terminar comigo? Espero que tenha plena noção de que vai morrer sozinha. Ninguém vai aturar as suas crises, Maria Eduarda. Se aturar, vai ser por pouco tempo, assim como todos que vieram antes de mim. Você não tem nada a oferecer. O que era minimamente interessante, eu fiz questão de tirar. Inclusive, nem valeu tanto a pena. — Roberto debochava, sorrindo.

— Vai pro inferno! Leve a sua arrogância, seu discurso nojento e as infinitas noites maldormidas que você fez o favor de me proporcionar. Pode me adicionar na lista de pessoas que nunca te entenderam, eu já sei que é isso que você vai falar pros outros. Quanto a mim, farei questão de manter o máximo de garotas possível longe de você. Acabou — Madu gesticulou exageradamente, insinuando aspas —, Beto.

Roberto observou a garota sair de sua casa, correndo na chuva até o ponto de táxi.

Quando Madu entrou no carro, só foi forte o suficiente para dizer o nome da rua. A dor que ela estava sentindo poderia sufocá-la. Os raios da tempestade que teimava em cair pareciam estar em sincronia com as pontadas que a garota sentia no peito enquanto lembrava cada palavra que o ex-namorado havia lhe dito. Roberto e Madu se conheciam desde a infância, mas só há um ano e meio envolveram-se romanticamente. Ele não foi o primeiro cara que ela beijou, claro que não. Mas foi o único para quem a garota se entregou quase que cegamente. O papo, o sorriso, a forma como ele dizia seu nome, tudo isso contribuiu para ela depositar suas fichas naquela paixão crescente. Com a convivência, foi percebendo que nem tudo eram flores e que Beto poderia ser muito, muito ciumento. Possessivo. Ninguém tinha o direito de dizer à garota o que ela iria ou não fazer, ou qual roupa iria usar; Madu detestava qualquer tipo de cobrança e quanto mais se esquivava de Roberto, mais ele ficava fora de si, completamente tomado pela raiva.

— Eu que aguentei demais, isso sim.

Ela repetia a frase em sua cabeça enquanto olhava as gotas de chuva escorrendo pela janela. Aquela situação só a fez entender, de uma vez por todas, que de agora em diante ela abriria mão de qualquer pessoa que não entendesse uma única e importante regra: tratando-se de seu corpo, qualquer outro indivíduo era um hóspede. E somente ela poderia decidir se o coração estava aberto para turismo.

QUATRO

Quando voltou para a realidade, Madu resmungou baixinho e voltou a olhar o mapa do lugar. Búzios sempre pareceu uma cidade muito atraente, mas a família não costumava viajar muito — as férias dos pais não eram mútuas e a irmã costumava ficar de recuperação em duas ou três matérias. Madu sempre gostou de conhecer outros lugares, mesmo se fosse uma cidade vizinha. A ideia de estar em um lugar pela primeira vez era extremamente excitante. Depois de avaliar e separar os biquínis que levaria, acessou a caixa de entrada de e-mails e conferiu se estava tudo certo com o pacote que seus pais haviam contratado no começo do ano.

Madu escolhera um aconchegante lugar à beira-mar; o Resort Campos havia ganhado a garota tanto pelo incrível leiaute do site, quanto pelas fotos dos hóspedes curtindo o local paradisíaco — e o preço estava muito convidativo para um pacote *all inclusive*, o que tornou a decisão mais fácil. Após imprimir o comprovante de reserva, olhou para o relógio. Quatro e meia da manhã.

— Argh, Maria Eduarda. Você está oficialmente ferrada para acordar cedo e terminar de resolver as pendências da viagem — resmungou ao desligar o laptop a caminho do banheiro.

Depois da rotina noturna — lavar o rosto, tirar o batom e o rímel, passar esfoliante na pele e tomar um banho —, Madu apagou as luzes do quarto, deixando apenas um abajur aceso. Ao deitar, escolheu um jogo aleatório para se distrair no celular até pegar no sono.

⌒ⓞⓞⓞ⌒

O barulho incessante da chuva despertou Madu. Faltavam só dois dias para a viagem, só mais dois dias até o peso das últimas semanas ir embora. Foi difícil levantar, mas, pelo menos, ela não tinha hora para sair e poderia começar a arrumar a mala depois do almoço. Um apito vindo do celular chamou sua atenção. Era uma mensagem de Sofia.

> [11:02] Sofi: MARIAEDUARDADOCÉU, viu a foto que a Julie postou? Tô gritando! Cara de pau!

> [11:03] Madu: Ahn? Acabei de acordar, amiga. E não gosto de entrar no Facebook. Me manda aqui!

Madu respondeu rapidamente, mas logo se arrependeu. Ela não tinha certeza se queria mesmo ver o que era.

> [11:05] Sofi: **imagem anexada**

Ela encarou, analisando minuciosamente a foto. Julie estava com os cabelos mais loiros do que nunca, dourados, provavelmente por conta dos mil e um produtos que aplicava para tentar conseguir a "cor perfeita", segundo ela. Seus braços estavam em volta do pescoço de Roberto, que beijava a testa da garota. O cenário era lindíssimo, provavelmente em algum parque de São Paulo que Madu não conseguiu reconhecer.

[11:10] Sofi: MADU??????? RESPONDE!

[11:10] Madu: Tô aqui. Eu tava olhando a foto, ahn... Sei lá, nem tem nada demais. Meio que cansei de me perguntar que diabos é isso, pra falar a verdade. Mandei uma mensagem ontem de novo, ela visualizou e ignorou... DE NOVO. É muito difícil tentar ajudar quem não quer ouvir, então só avisei de tudo mais uma vez e passei o número da minha terapeuta. Foi a pessoa que mais me ajudou e que pode tirar a Julie dessa também.

[11:11] Sofi: É, você tá certa. Desculpa por mandar...

[11:11] Sofi: Como estão os preparativos da viagem? Já comprou a passagem? Você vai de avião, né?

[11:12] Madu: AI, A PASSAGEM! Tinha esquecido. Vou ver mais tarde, junto com a mala. Vou de avião, sim! Meus pais falaram pra eu comprar dias antes, porque

> parece que o aeroporto de Cabo Frio está em reformas. Enfim, o resort é tão lindo! Te mando fotos assim que eu chegar lá.

> [11:14] Sofi: É o mínimo, né?! Vou indo, minha mãe quer almoçar fora hoje :*

> [11:15] Madu :*

De fato, Madu não se deixou abalar pela foto. Ela estava prestes a fazer uma viagem pela qual esperava desde o início do ano, livrou-se de um relacionamento complicado e, finalmente, aprendeu a se colocar em primeiro lugar. Não conseguia mais sentir pena de Julie, apenas não sentia nada. O coração estava vazio, e a mente, despreocupada. Talvez já fosse o efeito da viagem chegando. Ao sentir a barriga roncar, despertando-a de seus pensamentos, Madu checou o relógio e percebeu que o almoço já devia estar quase pronto. Calçou as pantufas, vestiu um roupão por cima do pijama e desceu a escada em direção à cozinha.

— Bom dia, Bela Adormecida! Pensei que você não fosse acordar para o almoço. — Seu pai brincou, folheando o jornal à procura das palavras cruzadas.

Madu franziu a testa e mostrou a língua.

— Bom dia! Chequei ontem o comprovante do resort pela milésima vez, tá tudo certinho. Vou comprar a passagem depois do almoço, pode ser?! Daí, finalmente, só vai faltar arrumar a mala — afirmou a garota, não conseguindo conter a animação. A mãe terminou de pôr a mesa e sentou-se ao seu lado.

— Filha, você pode usar o nosso programa de milhas para comprar a passagem. O aeroporto de Cabo Frio está em reformas, então você vai via Rio de Janeiro mesmo. Não se esqueça de combinar com o resort sobre o translado até Búzios. Eles oferecem e o preço é mais em conta. Peça para já estarem lá esperando quando o voo chegar. Eu já assinei a autorização para você apresentar no resort, pois você faz dezoito anos só um dia depois de chegar lá. — Luíza não escondia sua preocupação.

— Pode deixar, mãe. Vou resolver tudo agora à tarde — garantiu.

— Você é a única pessoa que conheço que tem curiosidade de conhecer um lugar lindo como Búzios bem no meio do inverno! Nem vai dar para pegar um bronze! — brincou a mãe, gesticulando exageradamente.

— A graça é exatamente esta: não ser o destino mais procurado da época. Torna um pouco mais especial. — Madu sorriu. — Me passa a salada?! — pediu, mudando de assunto.

Logo após o almoço, Madu decidiu passar no shopping que ficava perto de casa. Pensou em levar a carteira de cigarros, mas deixou-a em cima da escrivaninha. Decidiu que não os levaria mais na bolsa e nem para Búzios. Era hora de largar de vez e cumprir sua promessa. Alguns hábitos deveriam permanecer no passado. De repente, ela se lembrou de como Sofia havia ficado brava ao saber que a garota tinha comprado um cigarro.

Cinco meses atrás...

— *Caramba, Sofi. Eu juro que é só um cigarro, por favor. Me deixa!* — gritou Madu com a amiga.

— *Maria Eduarda, não seja ridícula. Eu não quero que você volte a usar essa droga por causa de alguém que não vale a pena!* — esbravejou Sofia, olhando seriamente para Madu.

— *Não vou. Acredite, quem voltou para as drogas não fui eu, foi a Julie* — disse e encerrou o assunto.

Madu esboçou um sorriso com a lembrança, que logo desapareceu. Decidiu que era melhor deixar essas memórias guardadas no fundo da mente, pelo menos por enquanto. Assim que entrou no shopping, foi direto até sua loja alternativa favorita para escolher algumas peças. Apesar de não ser muito consumista em relação a roupas, gostava de inovar um pouquinho vez ou outra. O passeio durou uma hora e rendeu duas meias-calças, um cardigã, três camisetas, óculos de sol e dois batons. Ufa! Agora sim, sentia-se pronta para viajar.

Ao chegar em casa, tomou um banho rápido, secou os cabelos e começou a fazer a mala. Deixou uma playlist de vídeos-covers do Ed tocando no laptop e deu início à organização. Em menos de uma hora, a garota já havia arrumado praticamente tudo, faltando apenas algumas peças íntimas e a escova de dentes. Madu era muito determinada e dedicar-se a uma tarefa durante certo tempo não era problema. Terminada a mala, foi até a escrivaninha e entrou no site da companhia aérea para comprar as passagens e poder dormir sossegada. Sairia de São Paulo às 10h15 da manhã, chegaria no Rio de Janeiro por volta das onze e pegaria o translado do resort até Búzios. Somando tudo, deveria chegar lá pelas duas ou três da tarde. Perfeito. Ainda daria tempo de aproveitar um pouco o lugar!

> [17:34] Madu: Tudo pronto! Agora é a pior parte: esperaaaaar! Ansiedade. Argh.

A garota não conseguia conter a inquietação. Compartilhar seus anseios com a amiga ajudava a torná-los menores.

> [17:40] Sofi: AAAAAH! Me leva na mala! :(

> [17:41] Madu: Hahahaha, já pensou?! Relaxa, amiga. No final do ano a gente combina um lugar pra irmos juntinhas, tá? :P

> [17:43] Sofi: Supertopo! Ah, nem te contei que meus pais resolveram ir pro sul, né?! Vou ficar sozinha por quase duas semanas. Nem o YouTube vai me aguentar mais!

Madu soltou uma gargalhada após ler o desespero da amiga.

[17:44] Madu: Hahahahaha você é demais, Sofi. Pelo menos o Ed tá postando vlogs toda semana. Essa viagem misteriosa dele tá me matando!

[17:44] Sofi: Nem me fala. Ele fez mais duas tatuagens no braço esquerdo, você viu? Lindíssimas. Esse homem... Ai, ai...

[17:45] Madu: Eu vi a foto do Instagram. Fiquei uns dois minutos babando e por um momento quase larguei o celular só pra aplaudir. HAHAHAHA

[17:47] Sofi: SUA RIDÍCULA! TÔ RINDO DEMAIS!!!

[17:47] Sofi: Tô indo pra academia e amanhã vou passar o dia lá na vó, então nem nos falaremos (por favor, não me faça usar mensagens de texto, hehe). Boa viagem, amiga! Vê se não vai me trocar por macho, hein. Tô longe, mas tô de olho.

[17:50] Madu: Hahahaha, que macho o quê! Essa viagem é meu ingresso para o paraíso, com uma única companhia: eu mesma. Obrigada, Sofi. Avisa assim que voltar pra casa. Beijo!

> [17:51] Sofi: Te amo.

> [17:51] Madu: É recíproco. Deu de conversa fofinha.
> Bye!

Depois de dar boas risadas conversando com Sofia, Madu dedicou um tempo à lista de vídeos aos quais ela ainda não havia assistido. Como Liz era uma de suas youtubers favoritas e também amava viajar, a garota viu alguns vídeos dela sobre viagem e sobre como arrumar uma mala econômica. O resto do dia passou tão rápido quanto o outro que o sucedeu. E, de repente, já estava na hora de Madu partir para o seu tão sonhado destino das férias.

CINCO

O clima gélido de São Paulo fez Madu vestir-se com um moletom soltinho, uma calça jeans skinny preta e botinhas de cano baixo. Resolveu fazer um rabo de cavalo, destacando bastante as pontas roxas do cabelo — ela havia pintado com uma tinta um pouco mais forte naquela semana. Alguns itens essenciais não poderiam ser esquecidos: o fone de ouvido pairava em volta de seu pescoço e o celular já estava na bolsa de mão. Após despedir-se dos pais, caminhou calmamente até um dos guichês da companhia aérea, fez o check-in, despachou a mala e foi procurar o portão de embarque. Aeroportos eram uma paixão secreta de Madu. Observar as diferentes emoções das pessoas, ver cada abraço de reencontro, cada beijo de despedida, cada lágrima de felicidade ou de saudade... Era mágico. Ela era apaixonada por histórias que nem conhecia.

Enquanto saboreava um pão de queijo, percebeu que o embarque teria início. Deixou a carteira de identidade junto ao comprovante da passagem e direcionou-se para a fila. Apenas cinco pessoas estavam na sua frente, então provavelmente seria um voo tranquilo e quase vazio. Julho era um mês que turistas visitavam, sim, o Rio de Janeiro, mas nada comparado ao verão. Madu não gostava de calor e muito menos de multidões, por isso sempre evitava ir a baladas e festas da escola. Preferia mil vezes viajar e conhecer um lugar novo, uma nova cultura, novas pessoas. No momento em que entrou no avião, a garota acomodou-se em seu assento, colocou o fone de ouvido e deixou The Smiths tomar conta de seus pensamentos durante todo o voo.

— Meu Jesus Cristo, que calor! — esbravejou a mulher que saiu do avião ao lado de Madu. E, de fato, a garota não poderia deixar de concordar.

— Bota calor nisso! — respondeu, dobrando as mangas do cardigã acima dos cotovelos.

Após esperar dez minutos para pegar a mala na esteira, Madu foi direto para a entrada do aeroporto. Havia combinado de encontrar a motorista do resort na saída número quatro. Demorou alguns segundos para identificar onde exatamente era a saída daquele lugar enorme, mas, assim que achou, também avistou uma senhora segurando um papel escrito "Maju". Ela sorriu e caminhou em direção à mulher.

— Oi, tudo bom? Você está esperando alguém para ir até Búzios?

— Bom dia, moça. Estou sim. Você é a Maju? — perguntou a senhora, já sorrindo de orelha a orelha.

— Eu sou a Madu! — corrigiu, sorrindo junto com a mulher. — Acho que entenderam meu apelido errado.

— Oh, meu Deus! Mil desculpas, querida, nós não...

— Quando a mulher começou a se explicar, Madu interrompeu.

— Não por isso. Culpo a operadora do celular mesmo, o sinal estava horrível! — A garota gargalhou e ganhou um sorriso tímido da mulher. — Qual é o seu nome?

— Nice. É um prazer, viu?! — disse, ainda encabulada.

— O prazer é todo meu, dona Nice. Vamos indo? — perguntou, já levando a mala ao bagageiro.

— Vamos, sim. Temos um pouco de estrada pela frente! — exclamou dona Nice, arrumando o banco de motorista e ajustando a postura. — Você vai no passageiro ou prefere sentar-se atrás? — questionou, encarando Madu com um sorriso.

— Vou no passageiro — afirmou.

Durante as duas horas e meia de viagem, Madu conheceu boa parte da história de dona Nice. A garota já sabia que ela tinha três filhos e um neto, havia perdido o marido para um câncer no estômago e aprendeu a reconstruir a vida sem seu amado, como ela mesma disse. Contou que era da capital e trabalhava em Búzios de quinta a domingo. Ficou falando de sua época de faculdade por um tempo, que era formada em Direito, mas nunca exerceu. Não soube lidar com a sujeira que escorria dos tribunais e decidiu abdicar do sonho de ser defensora pública e poder ajudar quem não podia pagar para ter justiça. Esse foi um dos muitos sonhos que dona Nice abdicou durante a vida, mas, segundo ela, cada obstáculo a fez ser quem era hoje.

O tempo passou voando, e Madu agradeceu mentalmente por ter conhecido uma pessoa tão bacana e carismática.

Além de a simpática senhora ter contado boa parte de sua vida, também fez questão de aconselhar Madu a tomar cuidado em certas regiões, afirmando que o resort que a garota havia reservado era de uma rede famosa e conhecida pela ótima qualidade de seus serviços. A família Campos era muito conhecida pelo excepcional atendimento durante tantos anos de hotelaria. Quando Nice falou da noite na cidade, destacou um curioso pub que funcionava como uma espécie de encontro às cegas; disse que havia conhecido o seu primeiro amor lá. Madu não controlou a gargalhada: queria deixar bem claro o quanto estava se divertindo na companhia da senhorinha.

— Chegamos, querida! — avisou Nice, apontando para o resort e manobrando o carro para estacionar.

— Uau! Que lindo! — Madu ficou boquiaberta com o lugar. Ao descer do carro, conseguiu ouvir perfeitamente o barulho do mar.

— Eu avisei que aqui era ótimo, não foi?! — disse, enquanto entregava a mala à garota. — Minha querida, foi um prazer fazer essa viagem com você. É sempre bom conversar com alguém tão agradável e de alma tão jovem!

— Poxa, dona Nice, eu nem sei como agradecer! — Madu estava lisonjeada. — De verdade, queria ter trazido mais dinheiro para poder te contratar como guia turística. Você merece muito! Obrigada, muito obrigada! — Deixou a mala no chão e abraçou a simpática senhora.

— Estou sempre à disposição. Se precisar de uma caroninha na cidade maravilhosa, estarei aqui! — afirmou, sorrindo e beijando a bochecha de Madu.

— Boa tarde, dona Nice! — exclamou, já sentindo falta das infinitas histórias da carioca.

— Boa tarde, minha linda. E aproveite muito a viagem! — respondeu, entrando no carro — Nos vemos! — Dona Nice deu uma leve buzinada e dirigiu-se ao estacionamento do resort.

Madu estava sorrindo sem nem ao menos perceber. Aquela aventura tinha apenas começado e ela já estava genuinamente feliz. Quão incrível é o sentimento de conhecer uma pessoa, cheia de histórias e de simpatia rara como aquela senhora? Queria poder conversar com dona Nice todos os dias.

— Boa tarde, posso ajudar a senhorita? — Uma voz masculina interrompeu seus devaneios. Era um homem vestindo roupa social, de gel no cabelo. O crachá o identificava: Eugênio.

— Boa tarde! Na verdade, só trouxe uma mala maior e uma de mão. Pode deixar que levo sozinha. Poderia me dizer onde faço o check-in?

— Claro, senhorita. Me acompanhe, por favor. — Eugênio caminhou até o balcão de entrada do resort, revelando um saguão cercado por paredes de vidro; a vista era algo parecido com o que Madu imaginava ser o paraíso.

Após responder algumas perguntas básicas do check-in, ela pegou a chave do quarto e foi direto para o elevador. Terceiro andar! O número três era o seu número da sorte e a garota sorriu sem querer. Ao chegar na porta e destravá-la com o cartão, sorriu mais ainda. Era impossível não se maravilhar com uma vista daquelas.

SEIS

Raios de sol iluminavam o ambiente. No quarto havia uma cama de casal, televisão, frigobar, banheiro, armário e, principalmente, uma sacada incrível com vista para aquela imensidão azul... Madu sentiu-se em um filme hollywoodiano. Aquele lugar era digno de cinema! Sua reação instantânea foi ir logo até a sacada e apreciar a vista.

— Meu Deus, não consigo parar de olhar para esta vista! Como é fácil se apaixonar por você, Búzios... — murmurava a garota sozinha, sorrindo. Aproveitou para pegar o celular da bolsa e tirar uma foto do pôr do sol que acabara de dar as caras. Abriu o Instagram e postou a foto, sem filtro mesmo, com a legenda "Tudo novo: o lugar e a sensação".

Algum tempo depois, resolveu dar sinal de vida para os pais e clicou direto no grupo "FAMÍLIA", seguido por três emoticons.

[18:10] Madu: Cheguei há algum tempinho, povo. Só agora consegui parar de admirar a vista do quarto e me lembrei de avisar a vocês que não estou morta e nem fui sequestrada. Muito pelo contrário, tô mais viva do que nunca!

[18:15] Mari: Vê se volta pra casa com essa empolgação toda... :P :D :O

[18:15] Mari: Brincadeira, maninha...

[18:16] André: Vi a foto no "insta". Lindo. Aproveita, filha.

[18:22] Luíza: EU JÁ ESTAVA QUASE TENDO UM INFARTO, MADU! QUE DEMORA!

[18:22] Luíza: Seu pai me mostrou a foto. Aproveita muito mesmo.

[18:24] Madu: Obrigada, gente! E quando eu puder (e lembrar), vou atualizando vocês. Beijos!

Ao encerrar a conversa, Madu jogou-se na enorme cama de casal. Sentiu como se tivesse deitado em uma piscina de algodão, de tão macia e confortável. Decidiu que já era hora de tomar um banho e escolher, do seu bloco de anotações, aonde iria mais tarde. Incrível como geralmente ela detestava sair à noite, mas, ali, estava contando os minutos para aproveitar cada minutinho. Colocou sua playlist de Red Hot Chili Peppers para tocar e começou a encher a banheira. Ao bisbilhotar um pouco mais, achou alguns sais e espumas de banho.

— Ahn... Por que não?! — falou baixinho, levando os produtos até a borda da banheira.

Relaxada. Foi assim que Madu sentiu-se após tomar um banho naquela banheira que parecia ter sido enviada dos céus. Deixou uma toalha enrolada nos cabelos e vestiu um roupão, caminhando até a sacada do quarto para admirar a vista mais um pouquinho. Ao olhar para a praia, percebeu que havia um amontoado de pessoas — principalmente meninas — em volta de alguém, que ela não conseguiu distinguir. *Será que tem algum famoso aqui? Logo no inverno?*, pensou. Apesar da estação, Búzios era uma cidade turística e não ficava vazia, mas a garota acreditava que a maioria eram moradores ou viajantes do Rio.

Depois de secar o cabelo e aplicar dois tipos de creme, Madu abriu o laptop para estudar a cidade e, principalmente, ver como chegaria no pub inglês famoso da cidade. O local era relativamente perto e ela ficou mais tranquila ao lembrar do que a dona Nice dissera: o vilarejo era muito seguro e não havia com o que se preocupar, mesmo saindo sozinha.

Quando pesquisou um pouco mais, viu que o pub ficava numa rua composta apenas por bares. A garota optou por ir a pé mesmo e conhecer um pouquinho mais da cidade, por isso escolheu a roupa mais confortável. Madu já tinha um estilo despojado, então não foi muito difícil encontrar o traje perfeito para a ocasião. Meia-calça fina, shorts jeans, uma camiseta baby look cinza com a estampa do filme *500 Dias com Ela* — um de seus favoritos — e botas de cano baixo sem salto. Saltos eram extremamente desnecessários para uma garota de 1,70m de altura. Pronto. Decidiu deixar os longos cabelos soltos e ajeitou a franja para o lado. Ao se olhar no espelho, ela apenas incrementou o visual com delineador, rímel e batom vinho.

[19:55] Madu: Sofi, desculpa por só estar dando sinal de vida só agora. Não sei se você ainda tá sem internet, mas... Cheguei! Foi tudo perfeito na viagem e só melhorou quando entrei no hotel e conheci meu quarto :)

[19:55] Madu: **imagem anexada**

[19:56] Madu: Agora vou dar uma voltinha e talvez passe em algum pub por aqui. Tirei até uma selfie pra te mostrar minha roupa (que não deve ser novidade). Beijo, te cuida!

Batom na bolsa: ok. Carteira: ok. Celular carregado: ok. Madu conferiu por uma última vez se estava levando o necessário e finalmente foi conhecer a cidade e — se a sorte estivesse a seu favor — pessoas novas também.

SETE

O ar fresco de Búzios era revigorante. Enquanto caminhava até o pub, Madu sentiu-se livre. Ela não se sentia assim desde quando o ex-namorado havia lhe tirado o que a garota mais apreciava na vida: sua liberdade. Observou as pessoas sorrindo, despreocupadas com julgamentos e opiniões dos outros, passeando com suas famílias ou sozinhas. Parada em frente ao seu destino, Madu percebeu que o pub ao lado era muito parecido com o que ela iria, mas havia uma importante diferença: era escuro. Na fachada, lia-se *Blind Dates — Pub Bar*. E foi então que Madu lembrou-se de dona Nice contando sobre o famoso lugar dos "encontros às cegas". Era no mínimo curioso imaginar como alguém conseguiria conversar com alguém sem olhá-la nos olhos, o que era, basicamente, a atividade preferida de Madu — em qualquer ocasião.

Pensou um pouco se deveria entrar. Madu percebeu que um homem de meia-idade estava na porta e segurava uma placa sinalizando que ainda havia vagas para quem quisesse arriscar. A regra era só uma: era preciso permanecer no local por pelo menos uma hora.

— *Por que não?* — pensou Madu em voz alta enquanto encaminhava-se para o pub. A entrada era franca e ela só pagaria o que consumisse. O atendente era muito simpático — e apressado também. Madu precisou selecionar comida e bebida de sua preferência e a hora aproximada que gostaria de ser servida. Após perguntar se ela estava interessada em homens, mulheres ou se o gênero não importava — e ela afirmar interesse em homens —, ele pediu para Madu colocar as mãos em seu ombro e a levou para um ambiente completamente escuro. Para chegar lá, desceram algumas escadas, pois era um bar no subsolo.

Lá dentro, o barulho das vozes não estava tão alto. Ela conseguia perceber, claro, muitas vozes distintas, mas nada que a impedisse de escutar quem quer que fosse o seu "par".

— Senhorita, pode acomodar-se nesta mesa — falou o homem, parecendo preocupado. — Nós esperaremos em torno de dez a vinte minutos. Se nesse meio-tempo um par chegar para você, nós o encaminharemos para cá. Tudo bem?

— Ah... — gaguejou ela — tudo bem, sim. Se ele não aparecer, vocês vêm me buscar ou eu tenho que ir andando até a saída? — Madu estava confusa. Como ela iria achar a saída naquela escuridão? Já estava começando a se arrepender daquela ideia louca.

— Não se preocupe, senhorita. Caso precise de alguma coisa ou tenha qualquer problema, toque a campainha que está em cima da mesa. — O homem acendeu uma pequena lanterna e iluminou a campainha. — Algum funcionário virá até aqui para ajudá-la. Mas tenho certeza de que tudo correrá bem, a casa está bem movimentada hoje. Divirta-se!

— Muito obrigada! — agradeceu enquanto ele se afastava.

Dez longos minutos se passaram e Madu já estava ficando impaciente. Já havia se arrependido diversas vezes por ser uma pessoa impulsiva e essa era apenas mais uma. Ouvira murmúrios sobre assuntos distintos, ruídos estridentes de garfos em contato com pratos; ela poderia jurar que até o silêncio daquele local era barulhento. A maior fonte de iluminação, além das velas nas escadas, era um relógio digital que ficava na parede atrás da mesa da garota. Quinze minutos. Nesse ponto, já estava pensando em tocar a campainha para alguém acompanhá-la até a saída, mas percebeu uma movimentação em sua mesa e alguém se aproximando. Seu coração deu um salto, as mãos suavam.

— Senhorita, pedimos perdão pela demora. — Madu, ao ouvir as palavras do homem, levantou-se impulsivamente. — Felizmente encontramos uma companhia. O moço acabou de chegar. Lembrando que é obrigatório que, ao final do encontro, a senhorita afirme que está à vontade para conhecê-lo lá fora. É estritamente proibido que o senhor deixe o local antes da moça... salvo apenas para emergências. Esperamos que vocês fiquem satisfeitos e, precisando, já sabem: é só tocar a campainha.

Surpresa demais para responder qualquer coisa, Madu apenas voltou para a cadeira e notou que a pessoa que iria lhe fazer companhia também se sentou. O clima automaticamente ficou estranho e o silêncio pairou alguns segundos.

— Oi. — A voz pareceu ter vindo do além. Ela não estava acostumada a ser surpreendida e aquela noite estava sendo atípica para a garota. Felizmente.

— Oi, moço — respondeu, ainda nervosa. — O que te trouxe aqui? — perguntou e logo ouviu uma risada estranhamente familiar e gostosa. Esboçou um sorriso.

— Você não quer nem saber o meu nome, moça? — ele perguntou, ainda rindo.

— Até quero, mas seria uma pergunta muito clichê. Você já estava esperando. Vamos deixar os nomes para quando estivermos à vontade o bastante — sugeriu, ajeitando a franja do cabelo mesmo sem ele poder enxergá-la.

— Hum, então você gosta de ser imprevisível... Entendi. E eu não sei por que eu vim parar aqui, não estava no meu roteiro e nunca me imaginei num lugar desses, muito menos em Búzios... Escolhi uma cidade mais reservada por querer. Sobre este pub, confesso que o fato de as pessoas não conseguirem me ver foi o que pesou na minha decisão — admitiu. — E você?

— Roteiro? Quer dizer então que você não é daqui... — supôs Madu, esquivando-se da pergunta.

— Nem você. Seu sotaque entrega que também é paulista — rebateu ele.

— É, sou. — A garota sorriu e, mesmo sem conseguir ver a expressão do rapaz, sentiu que ele sorria também. — E eu sei menos ainda por que estou aqui. Vim passar o final de semana na cidade e resolvi me aventurar um pouquinho.

— Acho necessário respirarmos novos ares. Mas... me conta... O que você faz em São Paulo? E tem quantos anos?

— O rapaz não conseguia esconder a curiosidade.

— Estou no terceiro ano do Ensino Médio. Faço dezoito anos amanhã. — Até a própria garota assustou-se ao lembrar que seu aniversário estava tão perto. — E você?

— Nossa, que demais! Há tempos que quero passar um aniversário sozinho de tudo e nunca consigo. Sinto falta disso — confessou ele baixinho, quase sem querer. — E, bom... tenho vinte anos e tranquei a faculdade de Ciência da Computação. Meu trabalho me mantém ocupado demais para focar em outras coisas.

Madu percebeu que o garoto não quis entrar em detalhes sobre a profissão e automaticamente entendeu que aquele era um sinal para não perguntar. Mesmo curiosa, deixou o assunto de lado.

— Eu quero cursar Psicologia. Acho o máximo — falou, de repente.

— Acho bacana. Minha mãe é psicóloga! — comentou, empolgado. — Ela provavelmente será sua professora se você optar pela Universidade Federal de São Paulo.

— Sério? Minha mãe é jornalista. Você deve conhecer ela, mas vamos deixar esse assunto pra depois... — afirmou, brincando com as mãos.

— Preciso dizer que você me deixou muito curioso, moça. Mas não vou insistir. — Ela agradeceu mentalmente a atitude. — Qual é a cor do seu cabelo?

Madu ficou parada por um momento, olhando reto na direção da voz. Ela não esperava por uma pergunta assim e não sabia dizer exatamente o porquê. Não era nada invasivo e provavelmente apenas uma curiosidade, mas o fato de conseguir sentir que ele estava sorrindo somado à sua voz rouca estavam deixando a garota desconcertada.

Após alguns segundos de transe, ela respirou fundo e continuou a conversa.

— Preto. As pontas são roxas — respondeu calmamente. — E os seus?

— Preto também. Com as pontas pretas — brincou ele, e arrancou uma risada dela. — Sua risada é muito gostosa. — O rapaz deixou escapar. Madu poderia jurar que as bochechas dela coraram instantaneamente. Há muito tempo não se sentia envergonhada.

— Obrigada... Eu acho — respondeu. — Eu ia te perguntar quanto você tem de altura, mas posso chutar que deve ser mais ou menos uns... 1,80 ou 1,85. Acertei ou passei longe? — A garota estava estranhamente curiosa para saber.

— Tenho 1,84. Caramba, como você deu um chute tão certeiro? — respondeu, rindo.

— Bom, eu tenho 1,70 e consigo ouvir sua voz vinda do alto. Supus que seria uma diferença relativamente grande de tamanho, mas nem tanto a ponto de você ter 1,90 — explicou ela enquanto mexia distraidamente no guardanapo.

— Você é esperta! — Ele elogiou, empolgado. — Qual é a sua banda favorita?

— The Smiths — respondeu prontamente. — E a sua?

— Beatles. Tatuagens? — continuou o rapaz.

— Seis. Duas no antebraço, uma no tornozelo, uma no pulso, uma no ombro e uma na costela. Você? — Ela não escondia a curiosidade.

— É mais fácil dizer os lugares que não tenho... — A garota sorriu ao ouvir aquilo. — Filme favorito?

— Tenho muitos, mas vai o que está na minha camiseta neste exato momento: *500 Dias com Ela* — afirmou Madu, empolgada com o assunto.

— Como assim? Esse filme é muito... frio. Assisti e não gostei tanto — ressaltou ele —, mas você falou com tanta empolgação que até fiquei com vontade de ver de novo.

— Como assim digo eu!? Esse filme é incrível. Aposto que você achou frio só porque eles não ficaram juntos no final — provocou.

— Isso também. Mas os ideais da garota eram bem diferentes dos meus. Eu não acredito que o amor seja uma fantasia, por exemplo. Achei que ela iludiu muito o cara... — Ele soava confuso.

— Você está se contradizendo. Ela afirma que acreditava no amor como uma fantasia para livrar as pessoas de suas vidas monótonas. Desde o começo, a única coisa que ela não fez foi iludir o cara. Ele que se apaixonou, ela não tem culpa e nem poderia mandar nos sentimentos dele... — Madu permanecia convicta.

— É, vendo por esse ponto, concordo com você... — Ele soltou um riso abafado. — Seu ponto de vista é interessante.

A garota sorriu sem querer, mais uma vez. Aqueles sorrisos inesperados estavam deixando Madu um pouco inquieta. Seria a voz rouca dele? Ou a maneira como se entrosaram? Ela se questionava sem parar desde que ouviu a voz do rapaz pela primeira vez

— Maria Eduarda! — disse quase como um grito que sai sem querer. — Meu nome é Maria Eduarda, mas prefiro que me chamem de Madu — completou. O garoto ficou em silêncio por alguns segundos.

— Que coincidência! Me chamo Eduardo — contou, olhando diretamente para a direção da voz de Madu, na esperança que um feixe de luz relevasse parte de seu rosto.

Aquele sentimento parecia novo para ambos. Durante o jantar, uma hora havia se passado e o assunto tinha ido de espécies de peixes, viagens ao redor do mundo, feudalismo, movimentos e causas sociais, chegando até a bolacha versus biscoito. Felizmente, eles concordavam que "bolacha" era o certo, mas o garçom que os atendeu fez questão de ressaltar que a sobremesa era de creme belga com bis-coi-tos, enquanto iluminava a sobremesa com uma pequena lanterna.

Madu já sabia que eles tinham uma visão política muito parecida e se empolgou até demais quando o assunto foi sobre o direito das mulheres. Ela ficou em silêncio durante os três ou quatro minutos em que Eduardo contou sobre o motivo de seu último relacionamento não ter dado certo. Madu sentiu que ele estava muito além do que ela imaginava encontrar em Búzios.

— Agora que já sabe da minha "nem tão querida" ex, quero saber da senhorita. Alguém já ousou domar esse coração, Madu? — perguntou tranquilamente, tentando fazer o possível para que ela se sentisse confortável ao falar de algo que podia ser delicado. E não é que havia conseguido?!

OITO

Pela primeira vez em meses, Madu sentiu-se à vontade enquanto contava o início de sua história com Roberto. Mesmo sabendo que revelar parte de seu passado significaria dar ao rapaz um cartão de confiança, ela quis continuar o assunto.

— Minha relação com meu ex-namorado era exatamente como um machucado bobo, comum em crianças que passam o dia brincando — explicou ela, deixando Eduardo inicialmente confuso. — Eu sabia que não ia durar muito. A gente se conhecia desde criança e, à medida que fomos crescendo, nos mantivemos perto um do outro, sempre procurando curar algum pedaço dos nossos interiores. Eventualmente, os machucados bobos se cicatrizariam. E não precisaríamos mais de curativos. Acontece que a minha ferida foi muito mais profunda que a dele, e a minha despedida demorou bem mais do que ele imagina. Foi difícil, mas necessário.

Eduardo respirou fundo. Não sabia como agir diante daquele relato tão forte emocionalmente, e ao mesmo tempo sincero. Pousou a mão direita sobre a mesa, na esperança de, talvez, esbarrar na de Madu. Mas isso não aconteceu.

— Que situação pesada. A pior parte de se decepcionar é justamente saber que você, um dia, deixou aquela pessoa à vontade o bastante para te magoar — comentou em voz baixa. A verdade é que as palavras da garota foram tão inesperadas quanto a vontade de conhecê-la que crescia dentro dele.

Madu ajeitou-se na cadeira e deu uma colherada no creme belga que havia pedido. O papo estava tão bom que ela mal se lembrava de comer e também não percebeu se Eduardo estava comendo. Era difícil focar-se em qualquer outra coisa que não a voz do garoto, que continuava soando estranhamente familiar.

— Foi a pior época da minha vida. Ele realmente me traumatizou com muitas coisas, inclusive comigo mesma. Pela primeira vez, eu me senti insegura de uma hora para outra. Com tudo ao meu redor — continuou desabafando.

— E insegurança é um sentimento que eu não desejo pra ninguém, nem pra ele, que me magoou tanto — completou, enquanto limpava a boca no guardanapo de pano. Ela agradeceu mentalmente pelos batons líquidos e mattes que grudam na boca e só saem com demaquilante.

— Que cara idiota. Sinceramente, não entendo essa necessidade de deixar um relacionamento tornar-se destrutivo para só então perceber que algo muito errado está sendo feito. — Eduardo ajeitou o cabelo e voltou a colocar a mão sobre a mesa.

— Sabe... — começou Madu, tranquila. — Num relacionamento, existem dois tipos de espera. O primeiro é impossível, mas inofensivo. É aquela espera sem esperança, baseada apenas em devaneios e ilusões. Você sabe que é inatingível, mas bem no fundo, ela também faz a sua respiração parar, mesmo que por uma fração de segundo. O segundo tipo é destrutivo. E era exatamente esse último que regia o meu relacionamento. Esperar por uma mudança dele era como ser pega de surpresa, como se eu tivesse sido apunhalada pelas costas ou levado um tapa na cara porque estava cheia de confiança, acreditava em mim. Quando percebi que a pessoa que eu esperava nunca esteve lá de verdade, foi doloroso. Foi como se eu tivesse pulado na água para poder me afogar e, quando entendi que precisava nadar, pedi ajuda. Tentei melhorar aquela situação e fazê-lo perceber que podia mudar, mas acho que já era tarde. — A garota finalizou com a voz embargada. Ainda era muito agoniante falar do assunto. Ouviu o rapaz respirar fundo antes de qualquer resposta.

— De nada adianta você ser um museu de arte e relacionar-se apenas com pessoas que não enxergam nada além do óbvio. — Eduardo falou de um jeito tão gentil que Madu automaticamente colocou a mão esquerda sobre a mesa e encostou de leve no rapaz. Ela teve a impressão de que todos os pelos do corpo se arrepiaram com o toque.

— Obrigada. — A garota já havia perdido as contas de quantas vezes tinha ficado sem reação naquela noite.

Contar sobre o ex-namorado e a ex-melhor amiga para um cara que ela conhecia há poucas horas parecia uma loucura sem tamanho. Era um sentimento completamente diferente de tudo que já havia sentido. Por que ela estava tão confortável com a presença dele e como não tinha se esquivado quando contou sobre o seu passado? Ela se sentia estranhamente confortável perto de Eduardo, como se já se conhecessem e fossem superamigos há muito tempo.

— Você está olhando pra mim? Porque mesmo sem nunca ter visto o seu olhar, consigo sentir o quão expressivo ele é — confessou Eduardo.

— Estou. E, ahn, escuto algumas coisas sobre o meu olhar de vez em quando — revelou Madu, e suas bochechas coraram pela segunda vez naquela noite.

— Que coisas? Não me deixa curioso, não! — Eduardo brincou, ainda com a mão sobre a mesa na esperança de encostar na dela.

— Nada demais, eu acho. Alguns garotos com quem já fiquei falaram que meu olhar dizia muito mais do que minhas palavras. Nunca soube se isso era um elogio. — Madu não conseguiu segurar o riso. Eduardo riu junto.

— Caramba, que horas são? — questionou ele sem saber se realmente queria ver as horas. O único brilho presente no local vinha do relógio digital que ficava perto das escadas. Onze e meia. Eles estavam conversando há mais de três horas!

— Gente do céu! Como assim já é quase meia-noite? — Acho que preciso ir embora.

Ao ouvir as palavras de Madu, Eduardo finalmente teve coragem e pousou a mão sobre a da garota, entrelaçando seus dedos depois. Foi um gesto tão subitamente impulsivo que ele se sentiu eufórico e nervoso. O receio de ela pensar que ele estava indo "muito rápido" durou dois segundos — o tempo que ela demorou para acariciar a mão dele com o polegar. Aquilo tudo era novo para Madu. E mesmo lutando para não se envolver, desejou que aquele momento durasse um pouco mais. Nem Madu nem Eduardo estavam preparados para se "conhecerem de verdade" fora do pub.

— Acho que você vai me achar estranho... — afirmou ele baixinho, quase inaudível.

— Acho que o que menos importa no momento é a sua aparência, sinceramente — rebateu ela, fazendo com que o rapaz desse um tapinha de leve na sua mão. — Vamos?

NOVE

Menos de um minuto após tocarem a campainha, o garçom veio buscá-los. O ritual de saída acontecia da seguinte forma: a mulher era acompanhada até o caixa no balcão de entrada, pagava a conta e depois decidia se iria embora sozinha ou esperaria o acompanhante na frente do bar, e assim se veriam direito pela primeira vez. Ao levantar-se para ir até a saída, Madu fez questão de brincar com o rapaz, dizendo que pensaria bem se esperaria ou não por ele. Eduardo sorriu, nervoso.

Ela pagou a conta, agradeceu pelo ótimo atendimento e desejou boa-noite aos funcionários. Depois, saiu e se encostou num poste quase do lado da entrada. Aquela espera estava deixando-a extremamente nervosa.

E se ele me achar estranha? Será que devo esperar mesmo? Acho que a gente nem vai mais se encontrar... Sua cabeça era um turbilhão de ideias e pensamentos. Até que ouviu a voz de Eduardo despedindo-se do garçom e foi despertada de seus devaneios. Ele estava vindo.

Madu sentiu o coração bater tão forte que pensou que alguém poderia ouvi-lo também. Seus olhos foram diretamente para o rapaz, começando por seu tênis marrom--escuro, passando pela calça jeans preta e chegando na camiseta branca, tão clara que ela poderia jurar ter visto a sombra de uma tatuagem no peito dele. Os dois braços eram tomados por tatuagens — algumas coloridas, outras pretas ou sombreadas, mas todas muito bonitas. Tudo parecia estar em câmera lenta, como se aquele momento estivesse descolado do mundo real. Quando Madu finalmente chegou no rosto de Eduardo, tudo que conseguiu fazer foi arregalar os olhos e murmurar:

— Meu. Deus. Do. Céu.

Ela conhecia muito bem aquele rosto, e fazia muito sentido a voz dele soar tão familiar.

— Oi — disse ele tranquilamente, caminhando até a garota com as mãos no bolso da calça.

Eduardo já tinha notado que ela provavelmente o conhecia por causa de seu trabalho, mas, diferentemente dos últimos meses, não se importou. Madu era o tipo de garota que poderia manipular qualquer pessoa apenas com os olhos. Bastou encará-los uma vez para ele se sentir intimidado com toda determinação e confiança que ela expressava sem ter que dizer uma palavra.

— Eu sabia que conhecia a sua voz de algum lugar. Qual a probabilidade de um cara que eu sempre acompanhei no YouTube estar sentado na minha mesa, tão perdido quanto eu?! — Ela brincou, tentando disfarçar o nervosismo.

— Foi por isso mesmo que eu vim aqui. Cansei de relações vazias e pessoas interesseiras, mas não imaginei que conheceria alguém tão legal como você — afirmou, fazendo Madu esboçar um sorriso.

— Não sei se me sinto feliz ou triste por conhecer você. Quero dizer... só conheço o que escolheu mostrar na internet. Hoje, sinto que conheci uma pessoa ainda mais incrível. — Ela tentava conversar sem deixar que o nervosismo tomasse conta, embora internamente estivesse prestes a passar mal na frente do Ed.

— É a primeira vez em uns bons meses que não dou a mínima porque alguém me conhece só do Letra & Música. Acho que o nosso papo no escuro contou bastante pra isso — desabafou. — Não é que eu esteja cansado dos meus fãs, claro que não. Só estou realmente de saco cheio de tanta falsidade dentro desse meio, entende?

— Aham. Não consigo imaginar o quão louco deve ser acordar todos os dias sabendo que mais de três milhões de pessoas sabem quem você é e acompanham seus passos. — Sorriu. — E, de qualquer forma, todo mundo merece um tempo pra si. Só que eu tô me sentindo superposer por não ter associado o seu nome ao apelido. Ed, de Eduardo, claro! Meu Deus, onde eu estava com a cabeça? — brincou, dando risada.

— Sua risada é tão gostosa de ouvir que sinto vontade de ficar contando piadas o tempo todo. — Ele deixou escapar e viu a garota olhar para baixo automaticamente. Já havia percebido que ela ficava sem graça ao receber elogios.

— Suas tatuagens são muito bonitas. — Madu tentou mudar de assunto, sem saber se deveria ou não agradecer o elogio.

— Seu rosto também — afirmou Ed enquanto afastava uns fios de cabelo dos olhos de Madu.

Ela já estava ficando inquieta por, novamente, ficar sem reação. Talvez fosse pelo longo tempo sem se abrir para relacionamentos ou para qualquer demonstração de afeto, talvez fosse apenas o efeito que ele causava nas pessoas. Ou pior: talvez as duas coisas.

— Obrigada... É muito louco tudo isso, né?! Sinto que você não é só mais um cara que eu acompanhava no Youtube, mas, sim, uma pessoa que conheço há anos. Conversamos por quase quatro horas e mesmo assim ainda estamos aqui parados na frente um do outro e... conversando! — Madu sorriu e encarou o rapaz. Poderia jurar que os olhos dele eram castanhos, mas a luz do poste a fez notar que tinham um tom de verde-escuro. Ela respirou fundo. *Como seria fácil admirá-lo a noite inteira, pensou.*

— Você está ficando no resort Campos, ele é do lado do meu. Vamos? — perguntou Ed e a garota assentiu.

Estava tão ridiculamente fácil manter a conversa entre os dois que Madu começou a achar aquela situação toda engraçada. Ela sempre fora uma garota intensa, mas sentia-se dez vezes mais naquela noite. Em uma questão de horas, uma das pessoas que ela mais admirava havia se tornado um... amigo? Quão bizarro era pensar que o cara ao lado já tinha sido a sua companhia em diversas outras noites?

Papo vai, papo vem, quando estavam na metade do caminho, Eduardo encostou os dedos nos de Madu e entrelaçou o indicador e dedo médio nos dela. Ele não queria assustá-la agarrando sua mão com força, mas também não conseguia mais ficar sem tocá-la. Era uma necessidade. Ao sentir o toque, ela não conseguiu evitar um sorriso discreto, mas não a ponto de o rapaz não perceber.

DEZ

— Chegamos — avisou ela, puxando-o para perto das escadas. Não queria desvencilhar seus dedos dos dele.

— Pois é. Vamos conversar por mais três horas? — brincou ele, queria muito continuar ali. Madu sorriu para ele, encarando. — Não me olha assim. Ainda não consegui decifrar esse seu olhar — confessou.

— É um longo processo até desvendá-los. — Ela arqueou uma sobrancelha. — Mas até que você está indo bem.

Eduardo parou um degrau abaixo da garota e a encarou. Alguma coisa naquele olhar o fazia querer mergulhar na imensidão que era Madu. Ele havia entendido o porquê de se sentir intimidado por ela mesmo sem conseguir enxergá-la direito no pub e atribuiu isso à força do olhar da garota. Quase como se ela estivesse pedindo cuidado, mas, ao mesmo tempo, deixasse claro que não precisava dele. O rapaz estava se sentindo extremamente confortável perto dela e não queria tomar a iniciativa da despedida, então ficou em silêncio. Madu retribuiu, sorrindo de forma tão distraída que Eduardo automaticamente levou a mão direita até o rosto da garota e acariciou sua bochecha. Ela não estava pensando direito. Num impulso e tomada pelo calor do toque, a garota se inclinou e colou seus lábios nos dele.

Madu envolveu o pescoço de Eduardo e apoiou-se em seus ombros. Mesmo estando um degrau acima, ela preferiu ficar na ponta dos pés, equilibrando-se no corpo do rapaz. Ele não esperava que ela fosse tomar a iniciativa e surpreendeu-se mais uma vez naquela noite. Rapidamente pousou suas mãos na cintura da garota e puxou-a para perto; qualquer espaço entre eles parecia grande demais. Ela inclinou levemente a cabeça para a direita, quase como se pedisse permissão para encontrar a língua dele, que correspondeu. Quando seus lábios deram passagem para Madu, ela imediatamente sentiu as línguas se tocando, espalhando uma sensação de êxtase por todo o corpo. Ele subiu a mão esquerda para a nuca da garota e o beijo ficou mais intenso, fazendo-a suspirar abafadamente. O calor dos corpos era evidente e por mais que, no fundo de sua mente, Madu quisesse apartar o beijo por puro medo de se envolver ainda mais, seu corpo não a obedecia. E ela acabou agradecendo por isso. Eduardo deu uma leve mordida no lábio inferior dela, seguida de vários selinhos. Ele não queria que aquele momento acabasse. Ficaram alguns segundos parados, apenas com os lábios — e corpos — colados; a respiração ofegante. Ao abrir os olhos, Madu observou que o rapaz ainda estava com os dele fechados. Sentiu uma pontinha de pena ao se afastar.

— Uau! — Foi tudo que ela conseguiu dizer. Sentiu-se ridícula quase que imediatamente, mas esboçou um sorriso.

— Você é linda! — Eduardo elogiou e viu quando as bochechas da garota coraram levemente. — O seu voo de volta é no domingo pela manhã, né?

O estômago da garota revirou. Não queria pensar na despedida. Parecia um sonho bizarro e ela tinha plena certeza de que se alguém contasse para ela alguma história semelhante, não acreditaria.

— Sim... só tenho mais um dia aqui praticamente — afirmou e entrelaçou os dedos nos do rapaz. — Por quê?

— Porque eu não quero que isso acabe. Não quero mesmo, de verdade, nem quero pensar — afirmou Eduardo, encarando Madu. — Sei que foi só um beijo e não quero parecer invasivo ou...

Madu o interrompeu:

— Foi uma noite inteira de conversa, afinidade imediata e um beijo. Não foi "só" um beijo — corrigiu ela, confiante.

Assim que ele sorriu em resposta, ela sentiu que precisava mais dele, então colou os lábios nos dele de novo. Conseguiu sentir o susto que ele levou com a urgência dela, mas não se importou. Dessa vez, o beijo foi mais afoito e um pouco mais quente. A brisa do mar contrastava com a temperatura dos dois corpos, fazendo com que se arrepiassem com o ar gélido que pairava. Eduardo afundou as mãos nos cabelos de Madu e suas línguas entraram em perfeita sincronia, fazendo a garota soltar um gemido baixinho. Ela sentia necessidade de permanecer colada nele mesmo sem o beijo em si; queria o toque. O barulho de um carro passando e buzinando os trouxe de volta à realidade e Eduardo finalizou o beijo com um selinho. Quando ele abriu os olhos, o olhar penetrante de Madu já estava esperando.

— Quero te ver amanhã — pediu ele num tom sério enquanto a encarava.

— Você tem meu número e sabe meu nome, acho que é o suficiente hoje em dia. — Ela sorriu. Eduardo retribuiu.

— Foi muito bom conhecer você, Madu. De verdade. Eu fui para aquele lugar esperando que pudesse conhecer alguém que nunca tivesse ouvido falar de mim. Não foi bem isso que aconteceu, mas você me mostrou que nem eu sabia direito o que queria — confessou ele, e sorriu timidamente. — Então, obrigado.

Madu o encarou e acariciou as mãos do rapaz, aproveitando que seus dedos estavam entrelaçados. Sorriu com ternura para ele.

— E eu nem sabia que precisava tanto conhecer alguém como você. Eu só conhecia o Ed e você fez o favor de vir me provar que tanto o Ed quanto o Eduardo são incríveis. — Madu não conseguia esconder o sorriso. — E eu também quero te ver amanhã.

Ele se inclinou de leve para baixo e encostou seus lábios nos dela. Após um selinho demorado, afastou-se da garota e sussurrou em seu ouvido:

— Boa noite. E feliz aniversário.

Madu ficou encarando o rapaz caminhar em direção ao local onde estava hospedado. Que tipo de efeito esse homem tinha provocado nela, a ponto de fazê-la esquecer completamente que seu aniversário já havia começado?

ONZE

Madu só conseguiu entrar no seu quarto, tomar um banho, trocar de roupa e deitar na cama. Ficou mais ou menos uma hora pensando na loucura que aquela noite tinha sido e ainda não conseguia acreditar que não só conheceu o Ed, como o beijou e estava prestes a encontrá-lo de novo. Aquilo tudo era muito intenso, mas ela não lutaria contra a maré. Ela queria era ser levada.

Pouco antes de dormir, notou que não havia sentido vontade alguma de fumar para aplacar a ansiedade do reencontro que poderia acontecer em algumas horas. Dormiu em meio a um turbilhão de pensamentos e acordou com o celular praticamente gritando. Quando olhou para o aparelho, sentiu uma preguiça instantânea. A família devia estar louca atrás dela. Sofia provavelmente mandou uma mensagem parabenizando-a e em seguida uma bronca por estar ausente por tanto tempo das redes sociais. Foi direto na conversa com Sofia, sem nem olhar as outras mais de quinze notificações. Vamos lá. Vamos começar do começo, pensou enquanto digitava, contando tudo o que acontecera na noite anterior.

No meio do relato, Madu cansou de escrever e mandou um áudio de três minutos resumindo para a amiga o que poderia facilmente ser percebido como uma história inventada de fã. Indignação. Negação. Áudios gritando. Euforia. Esses foram os estágios pelos quais a amiga passou enquanto assimilava tudo. De fato, aquela situação ainda era surreal. A garota conversou um pouco mais com Sofia e resolveu responder sua família e alguns outros amigos e conhecidos que enviaram felicitações. Até que chegou uma mensagem de um número desconhecido. Quando abriu a conversa, o coração quase saltou pela boca após ler o nome dele na tela.

[10:33] Ed: Feliz aniversário novamente, moça! :P

[10:33] Ed: Cara, espero que você não tenha me dado o número errado. Sério.

[10:40] Ed: ...

[10:41] Ed: Caso você não seja uma menina de olhar cativante que faz aniversário hoje, me desculpa, moço (ou moça).

Madu riu alto ao ler o monólogo de Eduardo.

[12:20] Madu: Dessa vez você teve sorte...

[12:20] Madu: Bom dia! :D

Ela ficou um tempo encarando a tela do celular feito boba, mas logo se levantou para trocar de roupa e pensar em algum lugar para almoçar. O fato de não ter uma rotina certinha faz a viagem ser ainda melhor, Madu detestava monotonia. Rotinas eram como pesadelos para ela. O clima estava um pouco mais ameno — 24ºC —, e ela escolheu um macaquinho preto e a mesma botinha do dia anterior. Prendeu o cabelo em um rabo, realçou os cílios com rímel e os lábios com um batom vermelho, pegou os óculos de sol e, quando estava pronta para ir até a recepção perguntar por algum restaurante bom nas redondezas, ouviu o toque do celular. Novamente, o coração bateu mais forte.

> [12:44] Ed: Bom dia? Quase boa tarde! Hahahaha

> [12:45] Ed: Que horas eu passo aí para irmos almoçar?

Ela sorriu ao ler a pergunta, que continha um convite implícito. De repente, aquele parecia ser o começo do que seria seu melhor aniversário.

∿∿∿

Ao avistar Eduardo parado exatamente no mesmo degrau que estiveram no dia anterior, Madu esboçou um sorriso involuntário e caminhou um pouquinho mais depressa. Sentia que não se viam há tempos (e o rapaz sentia o mesmo). Tinham necessidade da presença um do outro, estavam redescobrindo um sentimento que pensavam que jamais viveriam de novo. Quando chegou perto, ele foi imediatamente sanando a saudade de seus lábios e deu um beijo rápido em Madu.

— Precisamos falar sobre você estar tão bonita assim tão cedo — elogiou ele, fingindo estar incomodado. A garota mostrou a língua e revirou os olhos.

— Nem brinque com esse tipo de coisa. Onde vamos almoçar?

— Conheço um lugar — afirmou ele, empolgado.

Alcançou a mão de Madu e com os dedos entrelaçados caminharam até o restaurante. Foi inevitável pensar que nunca alguém havia lhe agarrado a mão por pura e espontânea vontade, era sempre ela quem procurava pela segurança. Dessa vez, sentia-se segura apenas com um simples toque do rapaz.

Enquanto caminhavam, foram parados algumas vezes por fãs de Eduardo, quase todas chorando, sem acreditar que ele estava realmente ali. O rapaz tratou-as muito bem, Madu já sabia que depois de as meninas verem o sorriso dele ao vivo, ficariam ainda mais derretidas. Ela nunca tinha sido do tipo de fã que chorava pelo ídolo, mas entendia perfeitamente aquelas garotas. Era muito fácil se apaixonar por Ed. E era assustador como ela já admitia isso sem pensar muito.

Ao chegarem ao destino, a garota não conseguiu esconder sua surpresa. O restaurante era em um barco! Eduardo sorriu abertamente quando viu a reação de Madu; prontamente ajudou-a a embarcar e, em seguida, foram acompanhados pelo comandante até uma mesa grande e muito farta. Já estava tudo pronto, praticamente programado. E só os dois estavam ali além do comandante, não havia mais ninguém.

— Caramba, como assim? — perguntou ela, ainda incrédula com a surpresa.

— O dono do barco é meu amigo, então não foi nada de mais. Tínhamos combinado de almoçar juntos, mas ele precisou voltar mais cedo pra São Paulo... — afirmou.

— Entendi. Se fosse eu, só te chamaria mais tarde mesmo. Comida é coisa séria! — disse ela sorrindo de um jeito divertido e olhando para o garoto.

Eduardo ficou alguns segundos estudando o rosto dela, até responder:

— Chata. Da próxima vez, deixo você almoçar sozinha pensando em como seria muito mais legal se eu estivesse junto.

— Próxima vez? — questionou, encarando-o.

Ele não respondeu, apenas piscou e deu as ordens para o comandante começar o passeio. Madu sentiu um frio na barriga quando o barco deu a partida, mas o frio virou gelo quando Eduardo pousou a mão na perna dela.

DOZE

A brisa do mar e a companhia de Ed fizeram Madu sentir-se em paz. Após o almoço, eles sentaram na proa do barco e ficaram alguns minutos em silêncio, apenas curtindo a companhia um do outro. Foi inevitável lembrar como os momentos de silêncio ao lado de Beto eram desconfortáveis, como se algo estivesse fora do lugar. Porém, tudo parecia certo ali. Madu podia perceber a cumplicidade entre os dois. Sentiu a mão do garoto acariciando sua coxa e pousou a mão sobre a dele. Eduardo sorriu e ela retribuiu.

— Por que você está aqui? — Ele quebrou o silêncio com uma pergunta um tanto quanto curiosa. — Digo, por que você não se sentiu desconfortável comigo, já que sou praticamente um estranho?

De certa forma, ele estava repetindo o que a garota dissera no jantar, na noite anterior, quando afirmou que não se entregava fácil. Madu limpou a garganta. Não esperava aquela pergunta.

— Porque você não é estranho pra mim. Eu que sou pra você — respondeu ela.

— Acho que você não seria uma estranha para mim nem se tivéssemos cruzado só uma vez na vida, numa rua qualquer. Bastaria notar o seu olhar. Sinto que ele suga meus pensamentos e assim você fica a par de tudo o que está acontecendo. — Ele apontou para a cabeça dela. — E você só finge que não sabe.

— Você nunca saberá. — Madu brincou e piscou para ele. — Eu gosto de você. Bastante. Não é difícil gostar do seu jeito, muito menos da sua aparência — afirmou, olhando-o de cima a baixo.

— Olha aí. Você é toda misteriosa e do nada fala uma coisa dessas. Mais um pouquinho e eu fico louco — disse ele, beliscando o braço da garota.

— Eu não sou — ela gesticulou aspas com os dedos — misteriosa. Gosto de você e valorizo isso, acho péssimo viver com a culpa do "e se...", "poderia ter sido de tal forma..." e tal. Acho revigorante ser direta, objetiva e prática; dizer para as pessoas de que gosto que preciso delas, que são importantes para mim. Usar e abusar de frases como "me beija agora", "eu te amo", "você é especial". Algum dia, posso me envolver em um acidente, levar um tiro ou qualquer coisa do tipo. E o mesmo pode acontecer com a pessoa que eu amo. Seria terrível ter que conviver com palavras que não foram ditas e com beijos que não foram dados, não é? Nós não sabemos de nada, não sabemos como as coisas podem mudar se deixarmos o orgulho de lado. Nunca sabemos quando tudo pode dar errado — desabafou ela, fazendo o rapaz encará-la boquiaberto.

Eduardo não pensou duas vezes ao colar seus lábios nos de Madu. Ele estava extasiado pelas palavras da garota e surpreso. Ela era incrível, e ele sentiu-se sortudo por estar ao seu lado naquele momento. As línguas se encontraram e os arrepios tornaram-se constantes, fazendo com que ela levasse as mãos aos cabelos dele e o puxasse para mais perto. Ao terminar o beijo mais uma vez com selinhos, Madu ficou um pouco apoiada no ombro de Ed, observando as tatuagens do rapaz. A enorme bússola tatuada no antebraço poderia facilmente complementar a sua, que era um contorno minimalista dos continentes. Ela sorriu.

— Nossas tatuagens ficam tão legais juntas... — Compartilhou o pensamento com ele.

Eduardo devolveu o olhar para o antebraço da garota e sorriu. O brilho do sol que refletia no mar estava pedindo um registro. O rapaz pegou seu celular e tirou uma foto das mãos entrelaçadas deles, de forma que as tatuagens e uma pontinha do mar aparecessem. Depois, tirou uma só de Madu, que estava apoiada em seu ombro, de olhos fechados. Gentil, ele deu um beijo na testa da garota. Há muito tempo não se sentia tão completo. Tudo estava alinhado. E ele, apaixonado.

O sol já estava dando lugar à lua e os dois continuavam conversando sobre tudo e sobre nada. O assunto fluía com naturalidade, falaram de comida oriental, youtubers, países que queriam conhecer e até sobre pais controladores. Quando Madu lembrou que estava voltando para São Paulo na manhã seguinte, ele respirou fundo e o silêncio tomou conta. Mesmo morando na mesma cidade, ela sabia que seria diferente — talvez não fosse dar em nada além de amizade. Búzios era um lugar mágico, São Paulo significava rotina.

— Não vou deixar você ficar me acompanhando só pela internet de novo, não. Não é o que eu quero — afirmou ele; as palavras aquecendo o coração da garota.

— Nem gosto de pensar na saudade que isso tudo vai deixar. Ontem já foi tenso... — confessou ela.

— A saudade define a certeza — assegurou ele, olhando com carinho para Madu. Percebeu que ela havia esboçado um sorriso.

— Temos que ir, eu acho. Está ficando tarde e preciso arrumar minhas malas... — disse ela baixinho. Não queria se despedir.

Eduardo beijou rapidamente a mão dela, fazendo-a corar. Ela sentiu-se melhor.

Para a surpresa de ambos, a melancolia passou e o caminho até o hotel foi alegre. Ele fez questão de puxar assunto durante todo o trajeto, sem dar espaço para Madu sentir-se angustiada com a despedida iminente. Ela nunca desejou tanto que fosse alguns anos mais velha e pudesse ficar ali, vivendo no paraíso por mais tempo.

Quando chegaram nos degraus da entrada do hotel, Madu ficou encarando o local, sem coragem de se virar para o rapaz. Encará-lo para se despedir era uma tortura. Ele colocou as mãos nos ombros dela e foi virando-a para si, lentamente. Eduardo encarou aqueles olhos pretos e intensos e beijou a testa de Madu.

— Só não te peço em namoro nesse exato momento porque sou desses chatos que quer conhecer a família e conquistá-la também — afirmou ele, fazendo-a arregalar os olhos.

Num gesto desesperado, Madu envolveu o rapaz em um abraço e enterrou a cabeça no pescoço dele. O perfume que ele usava já tinha ficado impregnado nas roupas dela na noite anterior, e agora ficaria nessas também. A impressão que teve foi de que aquele abraço poderia curar qualquer insegurança que ela tinha em relação aos homens. Além de corresponder, Eduardo colocou as mãos nos cabelos dela e começou a acariciar os fios lentamente, fazendo daquele momento um dos mais especiais da vida de Madu. Ela deu um suspiro.

— Não quero te soltar — confessou, baixinho. Não estava com medo de mostrar ao rapaz sua outra face, a Madu mais desarmada e menos desconfiada.

— Você não precisa... — respondeu ele.

Ela abriu os olhos e mexeu a cabeça bem pouco, apenas para conseguir beijar de leve o pescoço dele. Eduardo sentiu sucessivos arrepios e soltou um gemido. Quando resolveu desenterrar a cabeça do pescoço do rapaz, beijou-o antes que ele pudesse reclamar. Madu pressionou com força seus lábios contra os dele e logo pediu passagem para suas línguas se encontrarem. Eduardo levou as mãos à cintura dela e a puxou para mais perto, fazendo-a parar o beijo para recuperar o fôlego. Ele colou novamente seus lábios nos dela e Madu se pendurou no pescoço de

Ed, ficando na ponta dos pés. Era incrível como eles se encaixavam perfeitamente, mesmo com a diferença considerável de altura. E não era mais frio na barriga o que sentia, mas, sim, uma nevasca, tamanho o efeito que ele tinha sobre ela.

— Você está dificultando essa despedida... — reclamou a garota, quase sem voz, após mais um selinho nele.

— Você também — devolveu. — Amanhã me avisa assim que chegar em São Paulo, ok? — pediu ele, encarando-a.

— Uhum — concordou Madu.

— Quero que vá me buscar no aeroporto quando eu chegar lá, moça — falou ele, sorrindo. — É sério.

— Até lá... — começou ela, mas foi interrompida.

— ... eu estarei, além de apaixonado, com saudades. — As palavras do rapaz foram inesperadas. Madu sorriu involuntariamente.

— Ambos estaremos — completou ela. — Obrigada por esses dois dias. Há muito tempo eu não me sentia tão... completa? — Ela sugeriu e fez uma pausa antes de continuar: — É, completa. Obrigada de verdade, Ed.

— Nada é por acaso, linda. A sua companhia me revigorou e me trouxe muita paz. A gente se vê em São Paulo, né?

— Por favor. — Ela se inclinou para beijá-lo pela última vez... naquela noite.

Madu abriu a porta do quarto e foi direto até a sacada. Sentiria muita falta daqueles dias mágicos. Percebeu que havia aprendido muito mais em um fim de semana do que em muitos anos, e evitou ao máximo se perguntar o que, de fato, era aquilo tudo. Não queria acordar daquele sonho e muito menos voltar à realidade.

Enquanto arrumava suas coisas, ouviu o celular apitar. Ah, não, depois eu respondo todo mundo..., pensou. Mas era uma notificação do Instagram. Uma foto que Ed havia postado! Céus, ela nem ao menos tinha visto que ele já a seguia. Em meio a milhares de notificações informando que os seguidores da garota estavam aumentando vertiginosamente devido à marcação de seu perfil na foto, ela conseguiu abrir a imagem.

As tatuagens do antebraço dele e dela estavam em primeiro plano e, ao fundo, a imensidão do mar. Madu já estava sentindo uma saudade sufocante do rapaz. Quando leu a legenda, o sentimento triplicou.

Nunca sabemos quando tudo pode dar errado
Feliz aniversário ♥

Ela leu e releu a legenda mais de dez vezes. Sorriu de orelha a orelha e sentiu-se estranhamente feliz e em paz. Pela primeira vez, Madu sentia que o amor não era apenas uma emoção, mas, sim, algo que a tomava completamente, sem deixar espaços para qualquer sentimento destrutivo. Amor era, finalmente, sinônimo de certeza.

337 km

Hugo Francioni
Pedro Pereira

CAPÍTULO 1: *Júlio*

Júlio digitou as últimas palavras e sorriu. *Perfeito.* Era difícil ficar satisfeito com o primeiro esboço, mas se sentia feliz por ter terminado a história. *Finalmente.* Após conferir milhares de vezes se tinha salvado o arquivo, respirou fundo e desligou o notebook. Já eram quase sete da noite e logo a biblioteca municipal fecharia. A ideia de passar a madrugada trancado com aquele tanto de livro não era tão aterrorizante, mas a fome e o cansaço estavam falando mais alto.

Júlio se levantou e guardou o notebook e um bloco de anotações do *Star Wars* — com a famosa citação "que a força esteja com você" na capa — na mochila. Colocou apenas uma das alças no ombro esquerdo e foi embora. Ao pisar na rua e sentir o vento gelado, desejou estar vestindo algo mais quente que o suéter vermelho surrado. Sua cidade ficava no sudeste do país, sobre uma cadeia de montanhas. Naquela época do ano, costumava fazer muito frio e o movimento dos turistas era uma loucura, graças à arquitetura baseada em construções europeias e ao frio. Por morar em uma região serrana do Sudeste, baixas temperaturas faziam parte do seu cotidiano. Táxis circulavam pelas ruas, famílias caminhavam juntas e namorados passeavam de mãos dadas observando as vitrines. Tudo aquilo era muito mágico e vivo. A cidade tinha vida própria.

Na rua, as luzes dos postes começavam a acender enquanto Júlio caminhava em direção a uma cafeteria. Assim que chegou, viu um casal saindo. A julgar pelos gestos, os dois pareciam discutir, e aquilo o fez lembrar, inevitavelmente, dos pais. Quando ele era pequeno, uma das coisas que mais odiava era ver os dois brigando. Sempre por algum motivo bobo ou por dinheiro. Seus pais são donos da Rede de Hotéis Campos — parte por Campos ser o sobrenome da família e parte pelos famosos campos floridos que cercam o primeiro hotel construído —, espalhados pelo país inteiro, mas conhecidos principalmente naquela região. Júlio cresceu dentro do hotel, rodeado de desconhecidos que iam e vinham, e, mesmo assim, sempre se sentiu solitário. Ele sempre teve tudo do bom e do melhor; no entanto, a falta de amor e carinho o incomodava. Seus pais eram ocupados e viajavam muito a trabalho, e Júlio acabou sendo criado pelo pessoal que trabalhava no hotel — pessoas humildes e de bom coração. Por esse motivo, nunca deu bola para a riqueza nem esbanjava sua fortuna. Os pais eram a prova de que o dinheiro não trazia felicidade.

Com o passar do tempo, Júlio foi amadurecendo, e as cobranças começaram. Por ser filho único, o pai sempre exigiu muito, principalmente em relação aos negócios.

Carlos queria que o filho seguisse seus passos e assumisse o comando da rede hoteleira, mas Júlio não queria. Tinha o sonho de ser escritor e faria de tudo para realizá-lo.

Na cafeteria, procurou um lugar livre ao fundo e sentou. Assim que foi atendido, pediu um pedaço de torta de frutas vermelhas e um chocolate quente com marshmallows. Enquanto esperava, tirou o celular do bolso e começou a conferir as últimas notificações. Um garoto chamado Ramon o adicionara no Facebook e ele não fazia ideia de como o conhecera; o que despertou sua curiosidade para fuçar no perfil do rapaz. De cara Júlio descobriu que o garoto gostava muito de música e livros. Além do mais, os dois participavam do mesmo grupo dedicado à escrita, no qual os integrantes compartilhavam textos, fanfics e até histórias originais. Júlio arriscava de vez em quando postar algumas de suas "obras". Estava tão distraído que não percebeu a presença de alguém em pé ao seu lado.

— *Crush* novo?

O susto foi inevitável. Júlio rapidamente bloqueou a tela do celular e virou. Lá estava a amiga, com o rosto quase grudado no seu, na tentativa de ver o perfil.

— Deuses! Cristina! — Suspirou e sorriu, encabulado. — Nunca mais faça isso!

— Acabei de sair do estágio e resolvi passar aqui pra pegar um café. — Sem precisar de convite, ela largou a bolsa em cima da mesa e sentou. — Mas, me conta: quem é Ramon?

— Não sei. Ele acabou de me adicionar! — Enquanto

Júlio falava, Cristina o observava com um sorrisinho malicioso. Foi o suficiente para deixá-lo ainda mais constrangido.

— E o que você tá esperando para aceitar? — perguntou, eufórica. — Ele parece ser muito bonito!

— Bom... Eu não o conheço. Ele mora em outro estado e... Ei! Eu não devo explicações!

— Quer saber? Se você vai não vai aceitar, eu vou. — Ela rapidamente tirou o aparelho das mãos de Júlio, que tentou impedir, mas não foi rápido o suficiente, e confirmou o pedido de amizade. Depois disso, continuou a mexer no perfil do garoto. — Ele trabalha em uma livraria. Olha!

Cristina mostrou uma foto na qual Ramon estava ao lado de uma garota e ambos usavam uma camisa polo verde com o nome de uma livraria bordado. Os dois sorriam para a câmera, mas Júlio só conseguiu prestar atenção nos cabelos de Ramon: alaranjados e bagunçados daquele jeito totalmente proposital, quando é preciso ficar um bom tempo em frente ao espelho para alcançar o efeito desejado. Um charme.

— É... Ele é fofinho. Agora devolve o meu celular! — admitiu Júlio contra a vontade, recuperando o aparelho.

— Nem precisa me agradecer depois. — Cristina deu uma piscadela e sorriu.

Em seguida, o garçom chegou com os pedidos. Enquanto comiam, conversaram sobre tudo. Foram de literatura a seriados. Júlio comentou que finalmente havia terminado o primeiro esboço do livro que estava escrevendo, o que deixou Cristina feliz e orgulhosa. Mesmo sendo um pouco impulsiva, ela era uma ótima amiga e os dois se davam bem desde o Ensino Médio. A vida depois da escola acabou sendo um pouco corrida por causa da faculdade, trabalho e, no caso do Júlio, a escrita. Mas eles sempre davam um jeito de saírem juntos ou manter contato.

Na adolescência, quando ele finalmente compreendeu o que se passava em sua cabeça, ela foi a primeira pessoa com quem conversou sobre sua sexualidade. Para Cristina, aquilo foi maravilhoso, pois, além de tudo, agora eles também poderiam falar sobre garotos.

Quando chegou em casa, já eram quase nove da noite. Tudo o que ele mais queria era um bom banho e se afundar na cama. Provavelmente assistiria à maratona de alguma série, *Game of Thrones* ou *Friends*. Ele morava com os pais em um dos apartamentos de luxo do hotel. Pelo silêncio, estava sozinho. Seus pais provavelmente já haviam viajado para a Itália, onde ficariam por dois meses. Na cozinha, a mãe deixara um bilhete na geladeira pedindo que ele não se esquecesse de alimentar o Senhor Capuleto, o velho gato de estimação da família. Os pais eram grandes fãs de Shakespeare.

Já no quarto, se despiu e foi tomar uma ducha quente. Enquanto se ensaboava, o celular vibrou, mas Júlio não deu bola — pensou que pudesse ser Cristina reclamando de algum rapaz ou mensagem automática da operadora. Mas o aparelho vibrou outra vez.

— Sério que você vai me fazer parar o banho, Cris? — pensou em voz alta.

Júlio colocou metade do corpo para fora do chuveiro, secou as mãos e esticou o braço para alcançar o celular que estava em cima da bancada da pia. A expressão irritada logo mudou ao ver que era Ramon.

[21:13] RAMON: Oi.

[21:14] RAMON: Adorei seu último testículo! ;)

Por um segundo, Júlio ficou apavorado ao cogitar que uma foto sua, pelado, havia vazado na internet, ou até mesmo que alguém o estivesse vendo naquele momento. Mas Ramon logo se corrigiu.

[21:14] RAMON: TEXTO!!!*

[21:14] RAMON: Eu quis dizer que adorei seu último TEXTO!

[21:15] RAMON: Droga de corretor automático!!!!!!!!!

Foi impossível conter o riso. No lugar de Ramon, Júlio estaria morrendo de vergonha! Várias perguntas surgiram naquele momento: *Então ele lê as histórias que eu posto no grupo? Por que resolveu me adicionar?* A única forma de saber era conversando. Mas para isso deveria estar seco e com roupa. De preferência.

Após sair do banho e vestir o roupão, Júlio correu para pegar o celular e responder.

> [21:23] JÚLIO: Desculpa a demora, tava no banho.

> [21:23] JÚLIO: E obrigado pelo elogio. Fico feliz em saber que vc curtiu o meu "testículo". Hahahahaha xD

> [21:24] RAMON: Hahahahaha! Que vergonha! :x Pensei muito antes de te adicionar. Espero que não se importe.

> [21:24] RAMON: Eu venho acompanhando as fanfics que vc posta no grupo e admiro muito o seu trabalho. Além do mais, vc parece ser um cara interessante.

Júlio escrevia desde pequeno, incentivado principalmente pela sua professora de Literatura. Quando criou coragem e postou um dos textos em um fórum de apaixonados por livros na internet, a resposta positiva foi tão incrível que Júlio aos poucos foi se sentindo mais confiante, passando a postar com mais frequência.

> [21:25] JÚLIO: Claro que não me importei! Pelo contrário, fico feliz por vc gostar do que escrevo.

> [21:25] JÚLIO: E reparei que vc trabalha em uma livraria. Deve ser o emprego dos sonhos!

> [21:25] RAMON: Eu acho superdivertido trabalhar com livros, tirando um detalhe: minha chefe é um pé no saco... :(

Aos poucos, aquele desconhecido foi se tornando alguém interessante e divertido. Quando Júlio se deu conta, passaram-se horas. Ele descobriu que os dois tinham muito mais em comum que participar do mesmo grupo sobre literatura. *Como não se conheceram antes?* Gostavam das mesmas séries, ouviam o mesmo tipo de música e eram apaixonados pela cultura *geek*.

> [02:34] RAMON: Tenho que ir. :(Preciso acordar cedo. Mas foi muito bom conversar com você, viu?

> [02:34] JÚLIO: Tudo bem. :(Conversamos mais tarde. Foi ótimo conhecer você tb, Ramon.

> [02:35] RAMON: Durma bem, Júlio.

> [02:35] RAMON: Ah! E se tiver um tempinho livre, tenta assistir à série que eu recomendei, acho que você vai gostar.

Júlio sentiu um aperto no peito. Mesmo cansado, poderia ficar mais algumas horas conversando com Ramon. Não sabia se era a adrenalina de conhecer uma pessoa nova ou por se darem tão bem. Mas alguma coisa naquele garoto tinha despertado seu interesse.

CAPÍTULO 2: *Ramon*

Sabia que não seria fácil. Nunca foi e não teria motivos para ser diferente. Ele soube desde o início das dificuldades que enfrentaria ao sair de uma cidade do interior, e partir para uma cidade grande onde tudo é longe e a vida é corrida. Cair na rotina de acordar cedo, trabalhar o dia todo, ir para a faculdade e retornar para sua casa, tarde da noite, onde ninguém o esperava além da sua confortável cama. Morar sozinho nunca foi um problema, pelo contrário, gostava de estar sozinho. Não da solidão, mas, da privacidade. Só que nem o silêncio e muito menos a privacidade estavam confortando a tortura de uma chefe egoísta e mal-educada que não valorizava o seu trabalho; as provas do final de semestre que estavam sugando sua vida; as pessoas da cidade, que não respeitavam nem uma faixa de pedestre e viviam correndo de um lado para o outro, esmagadas em transportes públicos, vivendo uma vida sem propósito e fingindo que tudo estava bem. Ramon só precisava sair para espairecer, conversar fiado e rir um pouco. Mas nem isso conseguia, já que o que tinha mais próximo de um "amigo" era uma colega de trabalho que utilizava as poucas horas vagas que tinha com o namorado. Sua vida estava definitivamente uma droga.

Ramon tirou o celular do bolso, desbloqueou a tela — era incrível como conseguia acertar a senha sem nem olhar para o teclado — e abriu sua playlist. Era assim que ele lidava com os problemas quando não tinha mais o que fazer. Música sempre foi a sua distração quando a cabeça já estava cansada de pensar. Ajeitou os fones de ouvido, selecionou o álbum do Tiago Iorc e encostou a cabeça no banco do ônibus, observando as pessoas na praia tomando sol e se divertindo em plena terça-feira. Foi quando se deu conta.

— Droga! Passei do ponto... MOTORISTA, PARA!

♈♈♈

— Você está 30 minutos atrasado, Ramon! Para cumprir a carga horária do dia não vai poder tirar intervalo.

— Desculpa, chefe. Isso não vai se repet...

— É claro que isso não vai se repetir. Caso contrário, é melhor começar a distribuir novos currículos pela cidade. — Os olhos de Miranda eram tão ameaçadores quanto uma cobra prestes a dar o bote. — Agora volte ao trabalho; já perdi muito tempo com você. Aqueles livros não vão se organizar sozinhos!

Ramon sabia que os livros estavam em perfeita ordem. Há seis meses, desde quando ele começara a trabalhar na livraria do shopping, tudo sempre estava. Sabia que Miranda era só mais uma dessas pessoas que não fazia a mínima ideia do que acontecia na própria empresa. O mais importante era o lucro que ela gerava.

Caminhou até o caixa da loja para guardar suas coisas no balcão e, logo em seguida, foi para a vitrine organizar os lançamentos.

— Onde você estava? — Ramon nem precisou virar para o lado para reconhecer a colega.

— Na sala da Medusa vendo meu intervalo do café ser transformado em pedra. Como você aguenta essa megera há quase dois anos, Márcia?

— Ela não era assim, você sabe. As coisas mudaram depois da separação. A traição mexeu com a autoestima dela. Ficou insegura.

— E agora ela alimenta um monstrinho chamado "ego" com a alma dos funcionários.

— É só ignorar, Ramon. — Ele tentava, mas na maioria das vezes, era impossível. — Agora me conta qual foi o motivo do atraso?

— Passei direto pelo ponto.

— E essa falta de atenção no ônibus tem relação com essas olheiras?

— Olheiras?

— Você não se olhou no espelho antes de sair de casa?

— Mal tive tempo de pentear o cabelo! — Deu uma mexida nas mechas, numa tentativa infrutífera de ajeitar. — Fui dormir tarde ontem e acabei nem ouvindo o despertador.

— Algum seminário da faculdade ou outro trabalho pra entregar? Final de semestre é um terror mesmo.

— Nem um nem outro. Tenho algumas provas e trabalhos pendentes, mas estava batendo papo e acabei perdendo a hora.

— Família? Ou surgiu algum candidato para te livrar dessa solidão?

Ramon sabia para onde a conversa estava indo e resolveu interromper antes que fosse tarde:

— Não temos trabalho pra fazer não?

Com um olhar desconfiado e um sorriso malicioso, Márcia respondeu:

— Temos algumas caixas no estoque para abrir. Vamos, pandinha!

ഗഗ

— Qual a sua definição para "algumas caixas"? Porque isso está longe de ser *algumas*! — Ramon suspirou ao se deparar com aquela pilha de caixas, uma em cima da outra. — Aí tem o quê? Setenta? Oitenta caixas? Vamos levar a tarde inteira.

— Se você parar de falar e começar a abrir, temos uma pequena chance de terminar hoje. Fica com essa metade e eu com a outra.

Era uma sala pequena, pouco arejada, mas iluminada, com caixas e mais caixas de mercadorias jogadas por todos os lados. Em um canto, sobre uma mesa com alguns papéis e um leitor de código de barras, a tela de um computador estava acesa, e Ramon abriu o programa que cadastrava os livros novos. Ambos sentaram em uma banqueta, rodeados pelo que seria a diversão de boa parte do expediente.

As quatro horas seguintes se passaram entre abrir caixas, retirar livros e os organizar em pilhas. Foi quando

Márcia resolveu quebrar o silêncio — e, consequentemente, a sua paz.

— E então, vai me contar ou não quem foi o responsável por te fazer madrugar na frente do computador? Como se conheceram?

— Eu não conheci ninguém, Márcia.

— Conheceu, sim! Você só usa o computador pra fazer trabalhos e assistir a séries.

— Eu poderia estar falando com minha família. Ou com os meus antigos amigos.

— Qual é, Ramon. Até eu sei que seus pais dormem antes do jornal e que você não tem contato com os seus antigos amigos. Não é mais fácil dizer que não é da minha conta?

— Ok, Márcia. Não é da sua conta. Melhor assim?

Ela pareceu chateada, o que não era a intenção de Ramon. Ele só não gostava de falar muito sobre sua vida pessoal, tinha receio das opiniões alheias e sabia que as pessoas tendiam a prejulgamentos. E disso ele entendia muito bem. Mas, também, não era nada demais. Apenas um garoto que ele conheceu na internet e que morava em outro estado — não tinha chance alguma de dar certo.

— Aposto que ele é loiro. Você tem cara de quem gosta de loiros.

— Márcia!

— E ah! Deve ser nerd também, igual a você.

— Já terminou o seu serviço para se preocupar com quem eu deixo ou não de conversar?

— Isso é uma confirmação? Eu sabia que era um cara novo! — Mesmo que aquela conversa o incomodasse, ele não conseguia ficar bravo com Márcia. — De qualquer forma, terminei de organizar tudo mesmo. Vou dar uma pausa para ir na cafeteria comer alguma coisa e, quando eu voltar, começo a cadastrar. Vamos lá?

— Não posso, esqueceu que fiquei sem intervalo hoje?

— Tadinho do pandinha, ficou de castigo. Quer que eu traga algo?

— Um pão de queijo e um cappuccino. Te pago depois.

— Algo me diz que eu nunca vou ver a cor desse dinheiro...

— Algo me diz que eu nunca terei paz enquanto você estiver por perto...

— Acho que ambos estamos certos.

〜᠔᠔᠔〜

No fim do expediente, Ramon voltou para o caixa para bater o ponto e pegar de volta a mochila e o agasalho Mesmo não estando com frio, precisava carregar um casaco sempre. Essa era uma das consequências de morar no litoral: dias extremamente quentes e noites frias. Caminhou até a frente do shopping e entrou na fila do ônibus. Ramon só torcia para que, ao menos hoje, tivesse lugar para ele ir sentado. Foi um dia cansativo e não tinha mais forças para encarar uma hora de viagem até a faculdade de pé. Mas é claro que as coisas não podiam ser como ele desejava, seria muito fácil. Todos os assentos do ônibus já estavam ocupados e ainda tinha uma fila inteira à frente para dividir o espaço do corredor.

Depois que entrou e conseguiu um espaço para se encostar, esmagado entre diversos trabalhadores que não viam a hora de chegar em casa, Ramon tirou o celular do bolso em busca de um som que lhe fizesse companhia. Vasculhou seus álbuns e ficou em dúvida entre Engenheiros do Hawaii e Nenhum de Nós. Escolheu a segunda banda e, logo em seguida, ativou o 4G. Deu uma olhada nas notificações, sem prestar atenção. Enrolou um pouquinho, numa tentativa boba de provar para si mesmo que era uma pessoa difícil, mas acabou não resistindo e abriu as mensagens para saber se Júlio havia enviado algo. Claro que não tinha nada de mais entre eles e Ramon nem esperava que o garoto viesse procurá-lo novamente, afinal, eles mal se conheciam. Mas, querendo ou não, Júlio era legal. E Ramon precisava de alguém legal no momento.

O coração de Ramon deu um pulo quando, para a sua surpresa, viu uma notificação de Júlio. Não entendia por que estava tão nervoso, mas ignorou o sentimento e, rapidamente, abriu a mensagem.

[14:17] JÚLIO: Oi! Depois que nos despedimos ontem, fiquei sem sono e resolvi assistir à série que vc recomendou. Gostei muito do primeiro episódio e estou pensando em fazer uma maratona. Sei que vc está trabalhando agora, mas me chama no intervalo. Queria te contar sobre algumas teorias que criei.

Ramon sentiu um embrulho no estômago e torceu para que fosse uma virose, porque a última coisa que ele precisava no momento era ter sentimentos por um garoto que morava a quilômetros de distância. Respirou fundo e respondeu.

> [18:07] RAMON: Oi! Fico feliz que tenha gostado da série e, se for mesmo fazer maratona, compre uma caixa de lenço de papel. O oitavo episódio é de partir o coração. E desculpa responder só agora, acabei ficando sem intervalo e a internet é proibida durante o horário de trabalho. Chegando da faculdade chamo vc de novo, ok?

Ele leu e releu a mensagem diversas vezes antes de enviar. Será que tinha ficado formal demais? Júlio também havia sido formal, ou talvez fosse o jeito dele. Será que Ramon deveria ser um pouco mais informal para quebrar o gelo? Depois de ficar encarando a tela por quase dez minutos e conferido se não havia alguma palavra trocada pelo corretor — ainda não havia superado a história dos "testículos" —, tomou coragem para apertar o botão de enviar. Mas a mensagem não foi. Apertou para reenviar. Nada. O nervosismo estava batendo e o suor frio começou a escorrer pela testa. Foi quando recebeu um torpedo: era da operadora, informando que a franquia de dados mensais havia esgotado. Malditas operadoras! Sem ter o que fazer, Ramon puxou o caderno da mochila para estudar mais um pouco para um seminário de Telejornalismo e Tecnologia que teria de enfrentar logo mais.

Depois da aula, enquanto descia do ônibus, Ramon começava a sentir as dores e o cansaço de um dia intenso. Caminhava de volta para casa, desviando das mesas de bar que ocupavam a calçada e se perguntando o que faziam aqueles desocupados que bebiam em plena terça-feira. Foi quando alcançou a frente da portaria do prédio.

— Boa noite, seu Jaime. O senhor pode abrir para mim?

— Esqueceu a chave?

— Cansado demais para procurar dentro da mochila. — Um suspiro e os braços caídos confirmavam a exaustão.

Ramon empurrou a grade e caminhou até o elevador, que já estava no térreo — provavelmente, a única sorte que ele teve no dia. Apertou o botão do décimo primeiro andar e virou de frente para o espelho, encarando as marcas da derrota. As olheiras de que Márcia debochou ainda estavam ali, talvez um pouco mais profundas, escondendo quase que completamente as sardas próximas ao nariz. O cabelo ruivo já se encontrava apagado e sem vida. Talvez fossem as consequências de morar sozinho em uma cidade grande. Ou talvez fossem as consequências de se tornar adulto.

O elevador parou. Demorou quase um minuto para que as portas se abrissem e, ainda assim, encontrava-se desnivelado com o andar. Talvez essa fosse mais uma consequência de se tornar adulto: ir morar sozinho em uma cidade grande e ter dinheiro para morar apenas em um prédio antigo o suficiente para se tornar patrimônio histórico. Se arrastou até o fim do corredor enquanto o smartphone captava o sinal de wi-fi de casa e vibrava recebendo as notificações do dia.

Pelo interior do apartamento era quase como se ele morasse em outro prédio. O ar de antiguidade ainda estava na parede rachada, no azulejo feio do banheiro e até mesmo no guarda-roupa sob medida, mas Ramon conseguiu transformá-lo em um ambiente aconchegante com o que considerava "bom senso arquitetônico".

Largou a mochila em cima da poltrona, tirou os tênis e se jogou na cama. Pegou o celular, conferiu os e-mails, as redes sociais e, logo em seguida, as mensagens. Foi quando teve sorte pela segunda vez no dia: Júlio estava on-line.

CAPÍTULO 3: *Júlio*

Júlio acordou assustado com um barulho alto vindo da cozinha. Surpreendeu-se ao olhar o relógio e ver como era cedo. "A essa hora, Ramon deve estar se arrumando para o trabalho", pensou. A cabeça doía um pouco — consequências de mais uma madrugada em que ficou até tarde conversando com o garoto. Era incrível como os dois tinham tanto assunto em comum.

Assim que calçou os chinelos, foi correndo ver o que tinha acontecido. Ao chegar à cozinha, viu toda a ração do Senhor Capuleto espalhada pelo chão. Em frente à geladeira, o pote de vidro quebrado. Não demorou muito para o culpado surgir, ronronando e se esfregando entre as pernas do dono.

— Você não podia ter esperando mais um pouco? — Júlio perguntou enquanto se abaixava para arrumar a bagunça. — Por isso está gordo desse jeito!

Depois de limpar tudo, já estava mais desperto e pôde começar a revisão do seu livro. Júlio gostava de visitar a biblioteca municipal da cidade para escrever — cercado por tantos clássicos, sentia-se inspirado —, mas, por conta do frio daquela manhã gelada, resolveu ficar em casa.

Júlio já revisara boa parte do livro quando resolveu fazer uma pausa para comer. Pensou em um sanduíche de atum, mas se lembrou de que a maionese tinha acabado. Aquele era um bom momento para descer e atacar a cozinha do hotel, mas antes precisava vestir algo que não fosse um pijama. Procurou uma calça jeans confortável e a vestiu. Colocou um moletom com capuz e bolso canguru por cima da camiseta. Antes de sair, passou em frente ao espelho para ver se estava tudo certo. Seus cabelos ondulados e compridos até o ombro estavam um pouco mais rebeldes que o costume, então os ajeitou rapidamente com as mãos, jogando a franja para trás. Quando estava se preparando para sair, o celular vibrou. As covinhas logo apareceram quando ele deu um sorrisinho: era Ramon.

[16:32] RAMON: Oi!!!

[16:33] JÚLIO: Olha só quem está no intervalo! Se comportou hoje?

[16:33] RAMON: Fui um anjinho! Hahahaha. Arrumei todos os livros da seção científica sem dar um pio.

[16:34] JÚLIO: Bom garoto! Hahahaha. Tive uma tarde bem produtiva também!

> [16:35] RAMON: Fanfic nova?

> [16:35] JÚLIO: Na verdade estou trabalhando em um projeto faz alguns meses... Um livro!

> [16:36] RAMON: Sério? Que incrível! Estava pensando aqui... O que acha de conversarmos mais tarde por vídeo? Só te conheço por fotos e seria legal para falarmos mais sobre o livro.

Júlio sentiu o corpo gelar. Lógico que ficou superanimado com o convite, mas seu lado tímido despertava sua insegurança. Por algum motivo, ele queria passar uma boa impressão.

> [16:37] JÚLIO: Seria ótimo! Vou aguardar vc voltar da faculdade, então.

> [16:38] RAMON: Não vai precisar! Hoje não vou ter aula. Então, assim que eu chegar do serviço e tomar um banho, chamo você.

> [16:38] RAMON: Agora tenho que ir antes que a Medusa me coloque para fazer turno extra! Beijos!

Júlio estava no meio da sala andando de um lado para o outro. Enquanto repetia o trajeto várias vezes, olhava fixamente para a tela do celular. A qualquer momento Ramon iria chamá-lo e ele já não conseguia mais controlar a ansiedade. Será que era tímido também? Ou pior, será que estava tranquilo com a situação? Várias perguntas passavam pela sua cabeça até que o celular tocou. Seu coração quase saiu pela boca, mas logo levou um banho de água fria.

— Oi, mãe!

— Oi, Júlio! Como estão as coisas por aí? Alguma novidade?

— Tudo tranquilo, nada de novo. Estão curtindo a Itália?

— Verona é linda! Estou amando. Mas seu pai continua preocupado com os negócios, sabe como é... — Pela entonação, Júlio percebeu que a mãe estava triste por ter que falar aquilo, mas ela também logo mudou de assunto. — Hoje os noivos estão organizando um baile de máscaras para os convidados, e estou muito empolgada!

— Fico feliz. Espero que aproveite a festa!

— Obrigada, Júlio! Agora tenho que desligar. Vamos visitar o anfiteatro romano. Tome cuidado e não se esqueça de alimentar o Senhor Capuleto. Se precisar de alguma coisa, é só falar com o pessoal do hotel. Estão à sua disposição.

— Não se preocupe, estou me virando bem. Beijos, mãe!

— Beijos, filho!

Apesar de não ser a ligação que esperava, Júlio ficou feliz de ter notícias dos pais. Eles trabalhavam demais e se empenhavam muito pelo hotel, e saber que estavam aproveitando a viagem para a Itália — mesmo que cada um à sua maneira — o deixava aliviado. Largou o celular em cima da cama e foi mais uma vez conferir a aparência no espelho. Deu o seu melhor para escolher um visual que fosse despojado, mas, ao mesmo tempo, não esculhambado demais. Ele queria passar a impressão de que estava arrumado, mas não exatamente de que tinha gastado tempo se arrumando. Passou a mão no cabelo, jogando-o para trás mais uma vez — era uma mania. Quando retornou, percebeu que a tela do celular estava acesa, sinalizando uma nova notificação: Ramon estava on-line.

Seu coração acelerou. A mão tremia tanto que acabou errando a senha para desbloquear a tela. Finalmente, depois de quatro tentativas, Júlio conseguiu acessar o menu do aparelho.

> [20:03] RAMON: Preparado?

Ele não saberia responder. Sabia que queria fazer essa chamada em vídeo com Ramon. Poder olhar nos olhos — ou quase isso — enquanto conversava. Falas no lugar de mensagens. Queria muito, mas não sabia se estava preparado. Ainda assim, deixou o coração falar mais alto.

> [20:04] JÚLIO: Claro!

> [20:04] RAMON: Hahahaha! Ótimo, vou te chamar.

O tempo pareceu se mover lentamente. O processo de receber a chamada, aceitar e carregar não durou nem um minuto, mas a ansiedade fez parecer que dias passaram no aguardo. E, quando finalmente abriu a imagem de Ramon, todos os pensamentos que antes tomavam conta da sua cabeça foram embora. Agora, a única coisa que ele conseguia pensar era em como o garoto era bonito. Seus cabelos ruivos, as sardas na região do nariz que pareciam ter sido desenhadas a lápis, os olhos cinza-claros e a boca levemente esculpida.

Não soube quanto tempo passou enquanto admirava o garoto do outro lado da tela. Poderia ficar o dia inteiro olhando, sem precisar falar. Foi quando Ramon o tirou do transe.

— Oi! Consegue me ver? — A pergunta o fez rir, já que desde que a transmissão havia começado, Júlio não conseguia piscar os olhos.

— Oi! Consigo sim e você? — respondeu Júlio, posicionando o celular em uma pilha de livros em cima da escrivaninha.

— Também. Como foi o dia? — Ramon aparentemente estava sentado na cama, segurando o celular. Júlio não conseguiu perceber muita coisa, pois a câmera estava próxima do rosto do rapaz.

— Passei o dia revisando o livro e reescrevendo algumas passagens. — Aos poucos, Júlio sentia a tensão diminuir. — Como foi no trabalho hoje?

— Consegui sobreviver sem ser transformado em pedra pela Medusa-Miranda! — Aquilo fez Júlio rir e Ramon o acompanhou.

— Temos um vencedor! — Júlio se sentia pressionado a fazer perguntas para manter um diálogo. — E a faculdade?

— Finalmente o semestre tá acabando. Essa reta final é sempre uma correria insana. Mas faltam apenas duas provas, se não me engano...

— Isso porque você ainda tá no primeiro semestre, né? Imagina quando chegar perto do final do curso?!

— Nem me fala... Mas, apesar de tudo, gosto muito de cursar Jornalismo. Então, mesmo com toda essa cobrança que a gente tem, eu me sinto satisfeito.

— E já sabe que ramo pretende seguir?

— Ainda não, estou descobrindo. Gosto muito de vídeo, mas não me imagino trabalhando em noticiário. Talvez algo mais voltado para documentários ou programas informativos, estilo Discovery Chanel, sabe?

— Uau! Sei sim e acho muito legal.

— Agora eu quero saber de você!

— Eu? O quê? — O nervosismo voltou a tomar conta de Júlio. O que ele tinha a contar?

— Conte sobre a sua vida, sobre seus pais... Quero conhecer você.

— Bem, minha família é dona de uma rede de hotéis, acho que já comentei algo sobre isso. Eles insistem que eu deveria cursar Hotelaria ou até mesmo Administração, para que futuramente possa seguir o legado que eles construíram e tocar o negócio da família.

— É algo bacana. Mas imagino que não é o que você queira, certo?

— Não, meu sonho é ser escritor.

— E seus pais não apoiam?

— Não. — Júlio se jogou para trás, apoiando as costas na cadeira. — Para eles, ser escritor não é uma profissão séria e muito menos rentável. Mas eles não implicam muito também. Acham que é apenas um sonho bobo, que é uma fase e que vai passar.

— Mas é o seu sonho. E você não pode desistir. Precisa fazer seus pais acreditarem em você.

— Eu sei, mas não é fácil... — Júlio sabia que os pais nunca o apoiariam, mas preferiu não estragar o clima da conversa. — Ah! Eu tenho um gato. Vou buscar pra você ver.

Júlio saiu em busca do Senhor Capuleto. Não precisou procurar muito, já que existem apenas dois locais onde o gato sempre está: em cima do sofá da sala ou no pote de comida. Ele o pegou no colo, fazendo um pouco de força.

— Você está cada vez mais pesado, hein?! Vem cá que quero te apresentar para alguém.

Caminhou até o quarto, carregando o bichano nos braços. Sentou novamente em frente à câmera e levantou o gato.

— Esse é o Senhor Capuleto, o gato da família. Se não me engano é um angorá. Ou seria persa? Nunca lembro... Diga "olá", Senhor Capuleto! — O gato deu um miado mal-humorado, que muito provavelmente significava "me solte, humano". Logo em seguida, escapou dos braços de Júlio e voltou correndo para o sofá. — Como você pode ver, ele não é muito simpático.

— Primeiramente, ele é muito lindo. E gordo. Em segundo lugar, sempre quis um bichinho pra me fazer companhia no apartamento. — Ramon começava a se deitar na cama colocando o celular do lado. — Mas passo tanto tempo na rua, que acabo achando injusto deixar um animal trancado em casa e sozinho o tempo todo. Acho que qualquer bicho que eu tivesse acabaria me odiando.

— Muito provavelmente o Senhor Capuleto deve me odiar, já que me vê apenas como um serviçal que lhe dá comida e limpa a caixa de areia.

De repente, todo o pânico que antes dominava Júlio havia desaparecido. Apesar de ser a primeira conversa em que se viam, o papo fluía como se se conhecessem havia anos. E logo descobriram que, mesmo achando que já se conheciam o suficiente, sempre haviam coisas novas a aprender sobre o outro. O tempo passava rápido e nenhum dos dois se preocupava com o que estava acontecendo fora daquele pequeno universo novo e maravilhoso.

Depois de muito papo, o silêncio voltou a tomar conta. Mas não havia problema. Eles não precisavam mais de palavras agora que os olhares conversavam.

CAPÍTULO 4: *Ramon*

Ramon passou o dia inteiro com a imagem de Júlio na cabeça. O queixo quadrado e a mania de arrumar os cabelos longos com os dedos. Aqueles olhos castanho-escuros, mas repletos de brilho. E o sorriso! Ramon sentia vontade de mergulhar naquele sorriso tão largo e sincero — chegava a formar covinhas nas bochechas — até perder todo o ar. Aquela singela chamada em vídeo, que começou despretensiosamente para que se conhecessem melhor, acabou se tornando uma dependência. Ramon se sentia mais próximo de Júlio e desejava ficar ainda mais. Mas, por receio de que não fosse recíproco ou que pudesse assustar, tentava se controlar.

> [23:43] RAMON: Aquela, provavelmente, deve ter sido uma das melhores fanfics que eu já li em toda a vida.

> [23:43] RAMON: Sério, curto demais essas histórias paralelas que você cria de *The Walking Dead*.

[23:43] JÚLIO: Até mesmo aquela em que o Daryl encontra a Taylor Swift chorando porque o ex-namorado dela virou zumbi e, a partir daí, os dois acabam se envolvendo?

[23:44] RAMON: *THE WALKING DIVAS!* EU AMO ESSA FANFIC! Mas sempre me perguntava o que você tinha tomado no dia que resolveu escrever aquilo. Foi uma das coisas mais sem sentido e, ao mesmo tempo, genial que eu já vi.

[23:44] JÚLIO: Foi uma brincadeira minha e da Cristina em uma noite que ela dormiu aqui e, em um momento de tédio, acabamos criando essa coisa louca. Mas acabei publicando lá no grupo mesmo assim.

[23:44] RAMON: Ah, sabia que tinha um dedo da Cristina nisso. Pelo que você conta, parece ser uma pessoa muito engraçada... Adoraria conhecer um dia.

[23:45] JÚLIO: A Cristina é realmente muito divertida.

[23:45] RAMON: Me conta como anda o seu projeto de escrever um livro. Marcamos pra falar sobre isso, mas conversamos tanto que acabamos esquecendo o assunto principal.

[23:45] JÚLIO: Na verdade, eu finalizei a história há alguns dias e tô revisando. Mas não me sinto seguro nem preparado pra arriscar. Sinto que falta alguma coisa, por mais que a Cristina insista em dizer que tá tudo ótimo.

[23:45] JÚLIO: Ela é minha amiga, então é claro que ela vai dizer que está perfeito.

[23:45] RAMON: E eu poderia perguntar do que se trata o livro?

[23:45] JÚLIO: É claro! É basicamente um romance trágico e proibido entre alienígenas de planetas em conflito. Tive essa ideia de pegar um clássico e transformar em aventura espacial. Sou muito fã de *Star Wars*.

[23:46] RAMON: Parece legal! Posso ler e dar a minha opinião também? Prometo ser sincero!

[23:46] RAMON: Se você se sentir confortável e quiser, é claro...

[23:46] JÚLIO: Hummm... Normalmente eu não mostro para outras pessoas o que escrevo, só as fanfics.

[23:46] JÚLIO: Mas como você é meu fã número 1, vou te dar a oportunidade de ser o primeiro a ler o próximo best-seller nacional.

[23:47] JÚLIO: Na verdade, o segundo, porque a Cristina foi a primeira.

[23:47] RAMON: Fico muito lisonjeado. E serei eternamente grato! Vou até me gabar no seu fã-clube.

[23:47] JÚLIO: E quantas pessoas tem nesse fã-clube?

[23:47] RAMON: No momento só eu mesmo. Somos muito rígidos sobre quem pode entrar!

[23:47] JÚLIO: Fico feliz que esteja protegendo o meu legado.

[23:48] RAMON: Hahaha. Bem, vou desligar para dar tempo de estudar mais um pouco antes de dormir. E, caso você queira realmente uma opinião sobre a história, encaminha pro meu e-mail.

[23:48] JÚLIO: Ok, pode deixar! Bons estudos e durma bem. Beijos!

[23:48] RAMON: Você também... Beijos!

O despertador tocou às 07:45, como em todas as manhãs que Ramon trabalhava. O turno dele começava só às dez, mas precisava de vinte minutos na cama conferindo as redes sociais e mais quarenta para tomar banho, se arrumar e tomar um café antes de encarar quase uma hora de ônibus até o shopping.

Enquanto se preparava para levantar, Ramon se lembrou de checar se havia recebido o manuscrito do livro de Júlio. Mesmo com os lábios secos de quem acabara de acordar e ansiava por uma caneca de café, um sorriso começou a crescer no rosto quando Ramon percebeu que havia recebido o aguardado e-mail. Foi o necessário para despertar completamente da preguiça que antes tomava conta.

Ramon subiu no ônibus e suspirou aliviado ao perceber que ainda havia poltronas vazias. Decidiu sentar mais ao fundo por ser mais próximo da saída. Normalmente, Ramon aproveitava essa hora livre para ouvir música enquanto lia algum livro ou estudava para a faculdade. Naquele dia, porém, tinha algo muito mais interessante para fazer e, sem se aguentar de curiosidade, tirou o leitor digital da mochila para começar o livro de Júlio.

Chegou ao shopping com quinze minutos de antecedência, o que achou suficiente para passar em uma lanhouse, que ficava no caminho, e imprimir algumas contas que estavam prestes a vencer.

Ramon passou os dias seguintes lendo o livro de Júlio sempre que tinha uma oportunidade: no ônibus, no intervalo da aula, antes de dormir e até mesmo escondido no depósito do trabalho. Ele andava para baixo e para cima com o leitor digital na mão.

— Você precisa de alguma coisa?

— Só um minuto... — Estava tão concentrado na história, que nem se deu ao trabalho de ver quem era.

— Uma água? Um café? Alguns biscoitos?

Ramon olhou para cima e encontrou os olhos enraivados de Márcia. Ficou aliviado por não ser algum outro funcionário que pudesse denunciá-lo para Miranda, e aquilo a enfureceu mais ainda.

— Isso não é hora para estudar, Ramon. Você sabe como fica a livraria aos domingos...

— Lotada de pessoas que entram só para admirar capas bonitas ou escolher um título para comprar na internet depois? — respondeu Ramon com sarcasmo.

— Ainda assim precisamos trabalhar.

— Tudo bem, eu já terminei o capítulo mesmo. — Ramon se levantou com uma das mãos enquanto a outra segurava o aparelho de leitura.

— Você anda tão mal assim na faculdade para ter que estudar em horário de trabalho?

— Na verdade, praticamente já passei. Estava lendo o rascunho de um livro.

— Nós recebemos rascunho de alguma editora? — Era uma coisa rara, e despertou o interesse de Márcia.

— Não, um amigo meu escreveu e queria uma opinião.

— Que legal! E o que você achou?

— Na verdade, a história está tão boa que eu até esqueço que conheço o autor.

— E o seu amigo pretende publicar?

— Ele diz que não, por não se sentir preparado. Deve ser a insegurança. Mas, no fundo, eu sei que ele gostaria.

— Se você acha que a história é realmente boa, deveria ajudar. Nem que seja apoiando... — ponderou Márcia.

— É o que pretendo, mas ainda não sei o que posso fazer...

— Talvez, se você trabalhasse em alguma livraria e tivesse uma patroa megera cheia de contato de editoras, fosse mais fácil.

Ramon demorou a entender onde Márcia pretendia chegar, até que teve um estalo. Uma empolgação misturada com indignação por não ter pensado naquilo antes tomou conta. Ele sabia que Miranda não era uma pessoa muito fácil de se lidar para conseguir as coisas, mas a tentativa era válida.

— Márcia, eu te amo! — Foi difícil esconder a alegria por poder fazer algo para ajudar Júlio. — Eu poderia te beijar.

— Fico lisonjeada, mas não, muito obrigada. Aliás, acho que essa foi a primeira coisa boa que você me fala desde que começou a trabalhar aqui.

— Não fique acostumada... Coisas assim não se repetem. Agora vamos que temos muito trabalho.

A hora custava a passar, o que é completamente normal quando se está na expectativa. O movimento sempre é intenso nos finais de semana, principalmente nas tardes de domingo. Não era uma livraria muito grande, então ficava cheia com facilidade. Principalmente na ala infantil, onde Ramon tinha certeza de que os pais levavam seus filhos para se distrair em uma espécie de parque de diversões gratuito.

— Estou indo para o intervalo. — Márcia apareceu enquanto Ramon guardava alguns livros de princesas que estavam fora do lugar. — Gostaria de me dar a honra da sua companhia?

— Por favor, tô morrendo de fome. — A barriga de Ramon roncava alto. — Quero aproveitar para passar na lotérica, que ainda não tive tempo, e pagar os boletos, se não tiver muita fila.

— Hoje é domingo, Ramon. A lotérica não abre...

— Putz! Eu esqueci completamente. Você sabe pagar pelo caixa eletrônico? Eu tentei uma vez, mas acabei fazendo tudo errado...

— Por que você não paga pela internet? É tão mais fácil...

— Isso é possível? E é confiável? — A garota olhava com cara de espanto ao ouvir essas perguntas. — Não me julgue, eu vim de uma cidade pequena em que o passatempo dos habitantes é visitar banco e lotérica. Eu adorava quando aparecia um boleto pra pagar só pra bater um papo na fila.

— Você só pode estar brincando comigo...

— Talvez... Mas ficaria grato se você me ensinasse a pagar pelo caixa eletrônico primeiro. Um passo de cada vez, ok?

— Então vamos antes que a Medusa apareça.

— Ela vem hoje?

— Parece que ela tem uma reunião mais tarde com um novo distribuidor.

— Em pleno domingo?

— Também achei estranho, mas vindo de alguém que respira trabalho, até que é tolerável...

— Então pode ir. — Ramon decidiu sacrificar o lanche, mas no fundo não se importaria, desde que conseguisse o que queria. — Vou ficar para tentar conversar com ela sobre contatos nas editoras.

— Que a sorte esteja sempre a seu favor.

— Engraçadinha. Passa no caixa e pega dinheiro na minha mochila e me traz algo para comer. E ah! Leva os boletos também, caso dê tempo de você pagar pra mim.

❧

Assim que viu um movimento dentro da sala da chefe, Ramon respirou fundo, tomou coragem e seguiu até o que poderia ser um momento de conquista ou decepção. Não haveria meio-termo. Era como se estivesse caminhando dentro de uma selva escura, fria, rumo à própria morte.

No final do percurso, um carrasco lhe aguardava com um sorriso sarcástico, de quem anseia pelo sofrimento alheio. O caminho até a sala era curto, porém suas mãos suavam frio e o coração disparava enquanto surgia uma vontade enorme de fazer xixi — todos sintomas do nervosismo. Ramon bateu três vezes na porta.

— Pode entrar! — gritou uma voz de dentro da sala.

Ramon abriu a porta e caminhou em direção ao centro do cômodo, que poderia ser facilmente confundido com um covil de dementadores, já que ele sentia sua alma sendo sugada com um simples olhar.

— Ramon, algum problema?

Ele ainda não havia se acostumado com aquele olhar sombrio.

— Não, está tudo certo.

— Então posso ajudar em algo?

— Na... na verdade, sim — respondeu, tentando controlar a gagueira.

— Pois fale logo. Tenho reunião daqui a pouco.

— Um amigo meu sonha em ser escritor e tem um manuscrito que é muito bom. — "Não estrague tudo!", repetia mentalmente. — Pensei que a senhora pudesse me indicar um contato em alguma editora — "Por favor, não estrague tudo!" — ou até mesmo recomendá-lo para algum dos seus amigos influentes.

— Deseja mais alguma coisa?

— Não, era só isso mesmo. — Uma esperança surgiu dentro do seu peito.

— Então me dê licença, eu tenho assuntos para resolver.

— A senhora vai me ajudar? — perguntou ele, atordoado.

— Não tenho tempo para essas baboseiras. O mercado editorial é coisa séria e o meu trabalho também. Se você tem tempo de brincar de ajudar o seu amigo, então tem tempo de voltar para a loja para fazer o que eu te pago para fazer. Isso não é negócio pra criança.

Foi como se a alma tivesse deixado seu corpo, e esquecesse o significado da palavra felicidade. Sentiu um vazio. Ele sabia que era uma péssima ideia pedir algo para Miranda, mas, mesmo assim, resolvera tentar. E agora ele se sentia completamente derrotado. Precisava se retirar, com a cabeça baixa, e voltar ao trabalho, fingindo que nada havia acontecido. Mas não foi o que fez. Quando se deu conta, Ramon já tinha aberto a boca para responder.

— Você está certa, Miranda. Se em algum momento pareceu que desrespeitei o seu trabalho e o mercado editorial, peço desculpas. Mas então vou aproveitar para dizer que não concordo com a forma que você lida com a livraria. — Ele estava cansado da maneira como ela tratava todo mundo. — Se você quer respeito, então passe a respeitar as pessoas ao seu redor. Não se conquista respeito com ignorância e não é desmerecendo os outros que vai levantar a sua autoestima. — Não ia deixar os dementadores vencerem a batalha. — Posso ter errado em não respeitar os limites e vir pedir ajuda. Posso ter errado em acreditar que você poderia ajudar de alguma maneira. Posso até estar errando em falar essas coisas para quem paga o meu salário. Mas sei que não estou errado em algumas coisas! — Ele sabia que só havia uma forma de recuperar a sua alma. — Primeiro: este livro é realmente incrível! A editora que der uma chance e investir não vai se arrepender. Em segundo lugar — ele acumulou o máximo de energia que suas forças permitiam e liberou tudo em um único golpe —, um bom líder não é aquele que inspira medo, mas confiança. Deixe os problemas em casa e comece a se importar mais com quem está vestindo a camisa da empresa. Caso contrário, você acabará se tornando um rei sem exército. — Ramon saiu da sala tão rápido, que nem se lembrou de olhar qual havia sido a forma do seu patrono.

CAPÍTULO 5: *Júlio*

— Acho que o Ramon vai ser demitido por minha causa. — Cristina arregalou os olhos e quase cuspiu o refrigerante ao ouvir aquilo.

— Como assim por sua causa!?

— Sim! Mas tente falar mais baixo. Você tá gritando no meio da rua... Vou explicar o que aconteceu.

Na última noite, Júlio tivera a mesma reação ao receber a notícia. Não acreditou que Ramon tinha feito aquilo por ele. Lógico que Ramon já estava de saco cheio da patroa, mas, de qualquer forma, foi em defesa do livro de Júlio e, consequentemente, por causa dele.

— Então quer dizer que o cabeça de fogo realmente gosta de você? — Júlio nunca havia dito nada, mas Cristina não precisou de muito para compreender o que estava acontecendo entre os dois. Ou, pelo menos, o que achava que estava acontecendo. Tudo o que ouvira nos últimos dias era *Ramon isso, Ramon aquilo*, e já estava ficando cansada. — Eu disse que o livro estava ótimo, mas você não me ouviu. Precisou de outra pessoa para entender. Poxa, Júlio! Somos amigos desde que me conheço por gente. Além do mais, ele mora longe...

Aquelas palavras foram como uma facada. Júlio sabia quantos quilômetros havia entre eles. Só que ouvir aquilo foi mil vezes pior.

— Eu sei, Cristina! Não é como se a gente estivesse namorando ou algo do tipo. Só gosto de conversar com ele...

— Mas sabe muito bem onde isso pode chegar! E é com isso que me preocupo. Não quero bancar a protetora, mas fico receosa, Júlio. Quando aceitei o convite de amizade dele por você, imaginava que não passaria de uma troca de nudes casual em mensagens. Mas vocês têm conversado todos os dias desde que se conheceram. Algo está acontecendo e você sabe disso. Não seria melhor parar antes que isso cresça e fique mais forte? Namoros a distância são complicados.

Júlio ficou vermelho de raiva. Sabia que boa parte daquilo era ciúme, contudo, de certa maneira, ela estava certa. Namoros a distância poderiam não dar certo. Eles continuaram caminhando em silêncio enquanto Júlio refletia. Sabia que se falasse algo de cabeça quente os dois poderiam discutir e ele não queria.

— Realmente não sei o que pensar, Cristina. Mas sei que o Ramon é um cara incrível, e eu não quero parar de conversar com ele. É como em *Romeu e Julieta*, é só trocar as famílias malucas em guerra por quilômetros de distância.

— Na verdade, você já tem a família maluca.

— Cris!

Os dois caíram na gargalhada. A amiga tinha o dom de fazer Júlio rir quando ele estava bravo ou triste. E por isso eles nunca passaram mais do que um dia sem se falar por causa de alguma discussão.

— Mas, me conta, por onde andam os seus pais?

— Verona. O melhor amigo do meu pai vai se casar com uma italiana que conheceu lá.

— Deixa eu adivinhar: sua mãe está conhecendo toda a cidade enquanto seu pai está curtindo tudo que o quarto do hotel pode oferecer.

— Provavelmente ele não deve ter largado o tablet. — Júlio riu ao imaginar a cena. — Mesmo com uma equipe de gerentes escolhida a dedo, ele não consegue deixar o negócio por um minuto.

— Seu pai é uma figura! Mas, voltando ao assunto, o que você vai fazer em relação ao livro?

— Ainda não sinto que o livro tá pronto, mas provavelmente deve ser por insegurança. Porque Ramon confiou no meu rascunho e enfrentou a patroa dele. — Cristina olhou atravessado para Júlio. — E você também concorda que é bom. Então vou ouvir ambos e começar a ir atrás das editoras.

— Vamos andar mais rápido antes que eu jogue esse refrigerante na sua cara.

∿∿∿

A primeira coisa que Júlio fez ao chegar foi conferir se Ramon havia deixado algum recado no celular, mas não encontrou nada. Torceu para que o motivo fosse falta de tempo, porque se realmente ele tivesse ido para a rua,

Júlio jamais se perdoaria. Resolveu deixar aquilo de lado por um momento e foi tomar um banho enquanto Cristina aguardava na sala, já se esticando no meio das almofadas do sofá sem nem tirar os tênis.

Quando saiu do chuveiro, parecia aliviado por ter se livrado da sujeira e do cansaço. Enrolou-se na toalha e foi até o quarto vestir algo confortável. Na sala, Cristina comia um sanduíche de frango e Júlio não soube dizer como ela havia conseguido aquilo.

— Tem ideia do que podemos fazer? — Jogou as pernas da amiga para o chão e se sentou ao lado.

— Que tal passar umas duas horas procurando um filme pra ver? — Ela ainda mastigava ao responder.

— Enquanto você procura alguma coisa — Júlio já se levantava do sofá —, vou buscar o notebook e começar a caçar alguns contatos em editoras.

— Ótimo! Você tem um péssimo gosto pra filme mesmo. Aproveita e me traz um suco!

Pegou o computador que estava no quarto e, no caminho, passou na cozinha para levar a jarra de suco e uma caixa de chocolate para Cristina. Aquilo evitaria futuras viagens, já que o próximo pedido da amiga deveria acontecer nos próximos dez minutos e, muito provavelmente, ela iria querer algum doce.

Colocou a jarra na mesinha de centro e jogou a caixa de chocolates no colo da amiga, que agradeceu devorando três bombons de uma vez. Abriu o notebook e passou quase vinte minutos em abas de diferentes editoras no navegador.

— O que você acha dessas aqui? — Júlio virou o computador.

— Terror? Não. Drama? Chato. Romance? Passo longe! Filmes sobre mulheres fortes? Opa! Esse tema parece ser interessante.

— Você tem razão, eu devo estar sonhando alto demais. Deveria procurar algumas editoras menores...

— Já vi. Já vi. Tem nota baixa na internet. Trama desinteressante.

— Mas eu sinto que estou me desvalorizando se pensar assim.

— Por que é tão difícil escolher um filme? Acho que vou escolher uma série.

— Por que é tão difícil escolher algumas editoras para entrar em contato?

Era engraçado como os dois conseguiam se comunicar por monólogos. A cabeça de Júlio começava a pesar, quando recebeu uma mensagem.

[20:30] RAMON: Oi! Preciso falar com você urgente. Assim que estiver on-line, me chama!

Na mesma hora, Júlio começou a ficar preocupado.

[20:30] JÚLIO: Oi! Pode falar, estou aqui.

[20:31] RAMON: Tudo bem? Tá ocupado?

[20:31] JÚLIO: Estou com a Cristina. Estamos em casa procurando alguma coisa para assistir.

[20:31] RAMON: Ah, tudo bem. Pode aproveitar a noite com ela e mais tarde nos falamos, ok?

[20:31] JÚLIO: Mas pode me falar o que aconteceu...

[20:31] RAMON: Só vim dizer que talvez alguém tenha conseguido uns dois contatos de grandes editoras...

[20:31] JÚLIO: O QUÊ? Como assim?

[20:32] RAMON: O que parecia impossível, aconteceu. Minha chefe falou com alguns conhecidos dela, que prometeram dar uma atenção especial para o seu manuscrito.

Júlio sentia que como se fosse explodir. Ramon, além de ter enfrentado a chefe, havia conseguido uma oportunidade incrível para ele. Gostaria de poder atravessar a tela do computador naquele exato momento, e dar um beijo no garoto. Aquele era o seu maior sonho e palavras não seriam o bastante para agradecer-lhe. Caso desse certo, os pais finalmente levariam mais a sério a escolha profissional de Júlio e deixariam de pegar no seu pé.

— O que aconteceu? O Ramon mandou um nude!? — brincou Cristina ao notar a empolgação do amigo. —

Passa esse celular pra cá que eu quero ver se a região mediterrânea também é ruiva!

— Não, Cris! Você tá doida? — Júlio se pegou pensando no que a amiga falara e sentiu as bochechas queimarem, mas em poucos segundos voltou a si. — Ele me conseguiu algo muito melhor: contatos.

Cristina abriu a boca, espantada, quando entendeu do que ele estava falando, mas logo revirou os olhos e voltou a prestar atenção na televisão. Ela não era muito boa em mostrar os sentimentos, mas, por dentro, Júlio sabia que a amiga estava muito orgulhosa.

[20:32] JÚLIO: Eu não sei como agradecer, Ramon. Você tem sido incrível comigo.

[20:33] RAMON: Não foi nada, você merece. Agora vai aproveitar a amiga e se divertir, porque estou com inveja do programa de vocês. Mais tarde nos falamos.

[20:33] JÚLIO: E por que você não vem compartilhar um momento desses com a gente?

[20:33] RAMON: Claro, vou pegar um táxi e já já chego aí...

[20:33] JÚLIO: Não, é sério! Você não conseguiria uns dias de férias pra ficar aqui? Comigo...?

Júlio estava tão animado com a notícia da editora, que mal notou o que acabara de digitar. No calor do momento, tinha se deixado levar pelos sentimentos. Mas já era tarde para voltar atrás. Precisava controlar a ansiedade e aguardar a resposta.

E quanto mais tempo passava, mais ele se arrependia

do convite. Passaram-se cinco minutos desde que Ramon visualizara a mensagem e nada surgia na tela. O desespero começou a tomar conta do coração e da cabeça de Júlio. Tinha como piorar a situação? Sim. Ramon ficou off-line. Sem dar nenhuma resposta.

Cristina, percebendo os olhos marejados de Júlio, perguntou o que havia acontecido. Sem forças para relatar, ele virou a tela para que a garota lesse a conversa. E não precisou que ela falasse nada, porque os olhos entregavam o que passava na cabeça da amiga: "Eu te avisei."

CAPÍTULO 6: *Ramon*

Aquela pergunta pegou Ramon de surpresa. Ele nunca havia pensado na possibilidade; nunca havia considerado que eles pudessem estar em um mesmo ambiente, frente a frente. Mas depois que esse pensamento surgiu, se tornou mais que uma necessidade. Alguns diriam que era loucura, outros diriam que era cedo demais. Ramon tinha uma certeza: era exatamente o que ele queria.

Depois de se perder em devaneios, decidiu que era hora de acordar. Júlio aguardava uma resposta, a qual Ramon já tinha na ponta da língua. Ou na ponta dos dedos, no caso. Sua única preocupação era de que forma responder sem que parecesse muito desesperado — ou carente. Toda vez que pensava em digitar, acabava achando uma péssima ideia e reformulava tudo novamente. Minutos se passaram e ele ainda não sabia como soar empolgado, sem que estivesse se entregando.

Decidiu que utilizar o humor nessa hora poderia ser a salvação de um possível desastre virtual. Digitou, tomando todo o cuidado possível, o que ele achava que seria a melhor resposta.

> [21:35] RAMON: Eu esperava um convite mais formal, com letras cursivas em um papel bonito, envelope dourado e laços de fita. Mas vou dar uma chance para essa informalidade, porque o evento tem grandes chances de ser um espetáculo e tanto.

Apertou enviar, mas... Óbvio que o mundo conspiraria contra. Sem internet. Levantou da cama e foi desligar o roteador da tomada, aguardou dez segundos e ligou novamente. Nada. Repetiu o procedimento e foi até a geladeira tomar alguma coisa — sua boca já começava a ficar seca. Na volta, ligou novamente o roteador na tomada e aguardou. Nada. Pegou o celular e optou por ativar o 4G. Também nada. O desespero começou a tomar conta. Andava de um lado para o outro, se martirizando.

— Ramon, você é um imprestável! Inútil, desesperado e burro! — Ficar se culpando não ia resolver nada, mas era o que restara. — Por que essas coisas só acontecem comigo? POR QUÊ? — Sentiu vontade de jogar o roteador na parede, mas respirou fundo, tentando se controlar.

Procurou no celular o aplicativo de músicas. Selecionou Years & Years, se jogou na cama e começou a encarar as paredes. Viu as rachaduras que subiam em direção ao teto, provavelmente por algum problema de umidade, já que em algumas partes a tinta descascava. Mais uma vez sentiu vontade de pintar tudo, mas desistiu em seguida. Achava desperdício de dinheiro investir em um local que não era seu. Por isso, desde que começou a morar naquele apartamento, preferia lotar as paredes de quadros, na esperança de que isso disfarçasse, nem que fosse um pouco, o desgaste do imóvel. Aproveitou que era cedo e começou a dar uma organizada na bagunça. Catou uma blusa jeans que estava pendurada na maçaneta, um par de meias embaixo da cama e mais algumas peças de roupas — que não fazia a mínima ideia de como se espalharam pela casa inteira — e colocou todas no cesto, inclusive o que estava usando.

A máquina de lavar ainda batia as toalhas. Por morar em um apartamento pequeno, sem espaço no varal, o cesto parecia estar sempre cheio. Verificou o que mais estava fora de ordem e, depois de arrumar a casa da melhor forma que o cansaço permitia, foi tomar banho. Ajustou na temperatura mais quente, deixando a água bater na nuca e sentindo que aquilo aliviava a tensão. Se o efeito era real ou psicológico, não saberia dizer, mas, para Ramon, era como terapia.

No dia seguinte, ao chegar à livraria, largou as coisas no balcão do caixa e saiu em busca de Márcia. Deu uma olhada em volta, mas ela não estava em seção alguma. Retornou até os fundos da loja e entrou na porta que dava acesso ao depósito. Em um primeiro momento, o ambiente parecia estar vazio, até ele captar um pequeno movimento entre algumas caixas no canto direito. Como nunca houve problemas com ratos ali, aquilo só poderia significar uma coisa...

— Márcia!

— Ai! Você quer me matar do coração, garoto? — Ela ficou pálida com o susto.

— Seria ótimo! O que você fez com os boletos?

— Que bolet... Ah, aqueles boletos. — A despreocupação irritou ainda mais Ramon. — Eu esqueci!

— E não poderia ter me avisado? Agora estou sem internet em casa e não tenho crédito no celular!

— Até hoje não entendo por que você não assina um plano de celular e para de se preocupar com pré-pago com limite de dados.

— Agora a culpa é do caipira aqui? — A cabeça de Ramon começava a ferver. — Se você não podia pagar, poderia ter me avisado!

— Segura as pontas aí, estressadinho. Eu esqueci, perdão. Além do mais, não era uma obrigação minha, estava fazendo um favor...

— Tudo bem, desculpa, é que... — Ramon começava a se acalmar, mas continuava chateado. Não com Márcia, mas com a situação em si. — Enfim, precisa de ajuda aqui atrás?

— Tá tudo sob controle. Mas aproveita que vai voltar lá para a frente e leva essa pilha atrás de você. Chegaram ontem e eu já cadastrei. São para a vitrine, então verifica o que já pode ser tirado.

O rapaz concordou com a cabeça e se virou para analisar o monte de livros. Não era muita coisa. Em três ou quatro viagens, levaria tudo — desde que caminhasse lentamente, equilibrando com muita calma e sem esbarrar em lugar algum.

Depois de passar algumas horas descobrindo uma maneira de organizar a vitrine, ele se conformou com o resultado. Pegou o restante dos livros e foi guardar nas prateleiras, tomando cuidado para colocá-los nas seções certas e em ordem alfabética pelo sobrenome do autor. Ao terminar, já era hora do intervalo. Por mais que estivesse com muita fome, preferiu ir pagar as contas. Na saída, Ramon cruzou com Miranda, que o chamou:

— Está de saída?

Ramon achou aquela calma um tanto estranha.

— É meu intervalo agora. Precisa de alguma coisa? — Confirmou pelo olhar de Miranda que, no momento, a Medusa não estava presente.

— Não, pode ir. Quando voltar, poderia dar uma organizada na vitrine? Acho que alguma criança andou esbarrando ou mexendo nos livros e está uma bagunça.

— Sem problemas! — A nova Miranda causava ainda mais arrepios em Ramon, mas decidiu arriscar enquanto ela ainda parecia humana. — Miranda, só gostaria de confirmar se ainda terei uma semana de folga nas férias da faculdade.

— Ah, claro! Eu havia esquecido, mas foi o acordo que fizemos quando você entrou, certo? Já sabe quando pretende tirar as folgas?

— Estou confirmando ainda, mas talvez daqui uns quinze dias.

— Ok! Mas não se esqueça de me avisar o quanto antes.

— Pode deixar!

Ramon não sabia se sorria pelas coisas estarem finalmente dando certo ou se sentia medo. Enquanto saía, deu uma olhada para a vitrine, no intuito de verificar o estrago que fizeram nas horas de trabalho que teve. Uma gargalhada começou a se formar dentro de Ramon quando descobriu que, na verdade, tudo estava exatamente como ele havia deixado.

Depois de passar mais da metade do intervalo na fila da lotérica, ficou se questionando se daria tempo de passar na cafeteria, nem que fosse para pegar um lanche e comer no trabalho. Preferiu arriscar, mas apenas para usufruir da internet do local. Em passos largos, chegou rápido, agradecido por não ter fila no caixa. Fez o pedido e, enquanto aguardava, tirou o celular do bolso. Foi direto conferir se Júlio estava on-line. Para sua decepção, não estava. Começava a digitar uma mensagem lamentando o ocorrido, mas parou ao se questionar se aquela não seria a pior maneira de se desculpar. Talvez fosse melhor esperar para quando ele estivesse on-line.

Júlio deveria estar odiando Ramon e isso o motivou a voltar a escrever. Mas talvez uma mensagem, em vez de uma conversa, só fizesse o odiar ainda mais. Guardou o celular no bolso. Não, ele responderia. Pegou novamente o aparelho, mas não digitou. Encarava a tela e se perguntava o que deveria fazer. O pedido chegou e ele acabou não enviando nada.

Antes das nove da noite, Ramon já estava em casa. Não teve aula, apenas uma prova, na qual tinha esperanças de ter tirado uma ótima nota. Apenas mais uma avaliação e teria sobrevivido ao primeiro semestre de Jornalismo. Mais sete o separavam do diploma. Tirou o notebook da mochila e a jogou na poltrona, sentando na cama. Enquanto ligava o computador, foi tirando os tênis com os próprios pés. Digitou a senha e aguardou a tela inicial carregar. Soltou um urro de decepção ao perceber que a internet ainda não havia voltado. Sabia que poderia demorar até um dia para a companhia religar, mas nunca levou isso muito a sério.

Frustrado, caminhou até a geladeira em busca de alguma coisa que preenchesse aquele vazio. Como Ramon não passava muito tempo em casa — e isso incluía os horários de almoço e lanche —, não tinha muita opção do que comer. Pensou em pedir uma pizza, mas infelizmente não havia lembrado de colocar crédito no celular. Teve que se contentar com as duas últimas fatias de pão — sendo uma delas, a fatia da "bunda" — e um ovo, que provavelmente seria frito.

De barriga cheia, ou quase, foi tomar um banho e estender mais algumas roupas no varal. Cansado, e torcendo para que o dia terminasse logo, deitou. Enquanto procurava alguma música para ouvir, percebeu que o sinal de internet estava conectado. Foi uma mistura de felicidade e alívio. Correu para ver se Júlio estava on-line, sorrindo ao perceber que sim.

[22:03] RAMON: Tá por aí?

[22:03] JÚLIO: Olha quem resolveu dar as caras! E desculpa se eu o assustei com o convite de ontem. Não era minha intenção, só acabei entrando no clima de comemoração e... Bem, desculpa.

[22:03] RAMON: Não, que nada! Eu que peço desculpas. Fiquei muito tempo decidindo o que responder e acabei ficando sem internet em casa (por falta de pagamento, me julgue).

[22:04] JÚLIO: Tudo bem, entendo. Mas não precisava responder. Podemos ignorar que aquilo aconteceu...

[22:04] RAMON: Então o convite tá desfeito?

[22:04] JÚLIO: Não é isso. Só acho que eu fui um pouco inapropriado.

[22:04] RAMON: Ah, tudo bem. Acho uma pena, porque eu estava pensando em aceitar...

[22:04] JÚLIO: Não precisa fazer isso, ok? Já passou, foi sem querer. Podemos deixar pra lá.

> [22:04] RAMON: Mas não estou fazendo nada além de responder à pergunta que você me fez ontem. Demorei tentando encontrar palavras que não soassem desesperadas e acabou dando nesse rolo todo.

> [22:04] JÚLIO: Desesperado? Mais do que pareci fazendo aquele convite?

> [22:05] RAMON: Então talvez possamos ser desesperados juntos...

> [22:05] JÚLIO: Como assim?

"Parabéns, Ramon!", ele pensou. "Agora sim você pareceu desesperado para ter um relacionamento." Tentou consertar, ou ao menos não piorar as coisas.

> [22:05] RAMON: O que eu quero dizer é que, por acaso, eu tenho uma semana de folga para pegar no próximo mês, então, caso o convite ainda esteja de pé, eu adoraria conhecer a sua cidade.

> [22:05] JÚLIO: Encontro dos desesperados, então?

> [22:05] RAMON: Encontro dos desesperados!

Um frio cresceu na barriga enquanto seu sorriso se alargava. Ele conheceria Júlio pessoalmente e aquela era uma das melhores sensações que já havia sentido em toda a sua vida.

CAPÍTULO 7: *Júlio*

Finalmente Júlio encontraria Ramon. Uma simples frase, um pequeno evento e, ainda assim, mexia completamente com a cabeça dele. Sabendo que não conseguiria dormir naquela noite, prometeu a Ramon que pesquisaria as passagens mais baratas e com horários que encaixassem no cronograma de Ramon.

Passou a maior parte da madrugada verificando todos voos disponíveis, levando em consideração o horário e o valor. Cada vez que imaginava o garoto em sua frente, um sorriso bobo se formava. Júlio separou as melhores opções e encaminhou para Ramon, que provavelmente só iria ver no outro dia quando acordasse para trabalhar. Abriu outra aba no navegador e foi conferir o e-mail. Já se passavam mais de vinte e quatro horas que havia enviado o arquivo do livro para a editora e, mesmo sabendo que ainda era cedo, Júlio estava ansioso por uma resposta.

Depois de conferir a caixa de entrada, deixou o notebook de lado e deitou na cama. Sentiu a felicidade brotar no peito e transbordar em um sorriso ao imaginar como os últimos dias tinham sido fantásticos. Desde pequeno,

Júlio encontrou nos livros uma forma de fugir de tudo que o afligia: a falta que sentia dos pais quando eles não estavam em casa, o fato de não conseguir se enturmar muito nem na escola e o medo de ser diferente. Ao ler um livro, Júlio sentia que poderia ser qualquer coisa e viver qualquer história. Foi assim que se encontrou. E agora tinha Ramon em sua vida. Ele ainda não sabia definir o que acontecia entre eles e muito menos o que sentia pelo garoto. Não tinha dúvidas, contudo, do quanto Ramon era importante. Que pessoa faria tudo o que o garoto fez por ele nesses últimos dias?

Fechou os olhos e passou a imaginar, mais uma vez, como seria o final de semana que Ramon passaria com ele. Agradeceu mentalmente por seus pais estarem viajando, pois não sabia qual seria a reação deles. Por mais que ambos soubessem da preferência sexual de Júlio, levar garotos para casa nunca foi um assunto discutido. E em meio a realizações, preocupações e satisfações, caiu em um sono profundo.

Poucas horas depois, despertou em um susto com o som do celular apitando. Resmungando e xingando, com os olhos ainda fechados, tateava pela cama em busca do aparelho. Com os olhos semicerrados de sono, espiou a tela, o que o fez despertar quase que completamente. Era uma mensagem de Ramon.

[08:30] RAMON: ADIVINHA QUEM JÁ COMPROU AS PASSAGENS?!

[08:31] JÚLIO: SÉRIO?!?!?!?!?!?!?!?!?! Eu já estava me preparando pra vir brigar com você por ter me acordado tão cedo, mas foi por uma boa causa.

[08:31] JÚLIO: VAMOS NOS VER FINALMENTE!!!!

[08:32] RAMON: SIM!!! E muito obrigado pela ajuda, eu nunca teria conseguido sem você...

[08:32] JÚLIO: Que nada... Eu só tentei procurar uma opção que se encaixasse no seu horário e não pesasse no seu bolso.

[08:32] RAMON: Mesmo assim, se eu fosse pesquisar sozinho, acabaria pousando no Rio Grande do Sul! HAHAHA

[08:32] JÚLIO: HAHAHAHA Não seria uma má ideia, tem ótimos locais por lá...

[08:32] RAMON: Mas não teria você...

Um frio percorreu por toda a espinha de Júlio. Tinha vontade de esmagar o garoto todas as vezes que ele o deixava assim, com o coração acelerado com um sorriso bobo no rosto.

> [08:33] RAMON: Agora pode voltar a dormir, pregui-çoso. Pois alguém tem que trabalhar...

> [08:33] JÚLIO: Eu mereço esse descanso pela longa e árdua noite que tive caçando as passagens para você, humpf.

> [08:33] RAMON: Ok, você venceu. Mas continuo mor-rendo de inveja.

> [08:34] JÚLIO: Bom trabalho! Agora voltarei a dormir, afundando a cabeça no travesseiro e me enroscando ainda mais na coberta macia e quentinha.

> [08:34] RAMON: Tomara que você se afogue nesse co-bertor.

Poucas horas depois, Júlio já estava desperto. Deitado no sofá da sala, com a televisão ligada em algum dos canais do Discovery e mexendo em seu celular quando recebeu uma mensagem de Cristina, avisando que iria visitá-lo. Em poucos segundos, a campainha tocou. Júlio achou estranho e correu para conferir quem era. Assim que abriu a porta, lá estava a amiga com um sorriso no rosto e os braços abertos como quem quisesse dizer: "Surpresa!!!".

— Cris, eu já avisei que você deve me enviar a mensagem quando for sair de casa, não quando já estiver em frente à porta.

— Depois desses anos todos ainda precisamos de preliminares? Vamos direto ao ponto: vim tomar café de graça no hotel.

Júlio riu com o que ela disse — uma das coisas que ele mais gostava em Cristina era a sua sinceridade. Deixou a amiga esperando na porta e foi até o quarto buscar uma jaqueta. Enquanto desciam pelo elevador, Júlio tentou se lembrar da última vez que havia tomado café com os outros hóspedes no restaurante do hotel. Aquilo era algo que não costumava fazer. Depois de tantos anos da mesma refeição, Júlio começou a preferir comer em seu apartamento mesmo.

Chegando ao térreo, os dois seguiram em direção ao refeitório. Enquanto caminhavam, Júlio observava os pequenos detalhes do hotel, que poderiam passar despercebidos para a maioria das pessoas que circulava por ali, mas que para ele carregavam diversas lembranças.

Atravessaram a entrada do refeitório e logo perceberam que o café havia sido recém-servido e as pessoas aos poucos estavam chegando. Era uma sala espaçosa, rica em detalhes rústicos, com vigas de madeira que atravessavam o teto alto e pilares de pedra.

Sentaram à primeira mesa livre que viram, próxima a uma grande janela com vista para um lago nos fundos. Cristina pendurou a bolsa em uma cadeira na frente de Júlio e sentou.

— Como você pode não gostar de morar em um hotel?

— Não é que eu não goste. Só não sinto que aqui é a minha casa...

— No seu lugar, eu colocaria um turbante branco na cabeça e me nomearia condessa! — Júlio riu ao imaginar o desastre que seria Cristina morando no hotel. — Estou faminta! Vamos?

Júlio concordou com a cabeça e seguiu a amiga. Enquanto Cristina enchia o prato com os mais variados tipos de bolo, Júlio resolveu pegar só algumas frutas e pão de queijo para beliscar. Depois, os dois voltaram para a mesa.

— Ramon finalmente comprou as passagens!

— Sério?! Você deve estar superfeliz.

— Sim... E um pouco nervoso também. Será que ele vai gostar de mim?

— Júlio, você é alto, tem um corpo ok, cabelo de cantor de boyband. Você é bonito. Ele vai te amar!

— Não estou preocupado com a minha aparência, Cristina. Isso não importa... Quero dizer, a minha pessoa. Será que ele vai gostar de mim?

— Júlio, o garoto tá saindo da cidade dele pra vir pra cá. — Cristina lançou um olhar acusatório. — Ele já gosta de você.

Ainda assim, não se sentia seguro. Júlio se envolvera com poucas pessoas. Estava acostumado com relacionamentos superficiais e distantes, provavelmente algum reflexo da relação entre os pais. Não sabia como Ramon lidaria com suas manias e trejeitos, já que a única pessoa que o conhecia de verdade era Cristina. Aquilo realmente o preocupava, mas evitou pensar no assunto.

Júlio passou quase a tarde inteira, jogado no sofá, revezando entre assistir a um episódio de uma série e tirar um cochilo. Toda vez que lembrava que Ramon viria visitá-lo sentia um frio na barriga. Depois de o Senhor Capuleto insistir muito, miando e cutucando Júlio com a pata, resolveu levantar e dar comida para o gato.

Aproveitou que estava em pé para pegar um copo de suco. Abriu a geladeira e se decepcionou quando encontrou a jarra vazia. Começou a revirar as gavetas e armários da cozinha em busca de alguma coisa para comer — Júlio sabia que não estava com fome, era apenas um sintoma de ansiedade. Quando estava prestes a desistir, seu celular apitou.

[17:30] RAMON: Já preparou meu tour pela cidade?

[17:31] JÚLIO: Hahahahaha. Estive pensando em algumas possibilidades.

[17:31] RAMON: Ah, é? Quais?

[17:31] JÚLIO: Bom... Uma das coisas era o teleférico. Lá do alto você pode ter uma visão bem ampla e bonita da cidade. O que acha?

[17:32] RAMON: Seria demais! Eu nunca andei de teleférico.

> [17:32] JÚLIO: COMO ASSIM???? Vou criar agora mesmo a nossa listinha de lugares pra visitar. Alguma preferência?

> [17:32] RAMON: Lugares que tenham comida me atraem...

> [17:32] JÚLIO: E quem não se atrai por comida, não é mesmo?

Enquanto criavam um roteiro para o final de semana — Júlio gostava das coisas bem planejadas —, um misto de sentimentos começou a crescer dentro de seu peito. O estômago borbulhava como se duas cobras brigassem ali dentro, uma delas sendo a empolgação de ter Ramon ao lado, e a outra, a ansiedade de tudo que ainda estava por vir. E nessa briga, onde uma tentava devorar a outra, uma vontade súbita de vomitar subia pela garganta.

CAPÍTULO 8: *Ramon*

— Fiquei sabendo que você vai tirar uma semana de folga. Vai visitar seus pais?

Ramon estava distraído quando Márcia perguntou. Era um dia tranquilo, com pouco movimento — o ambiente perfeito para se perder em pensamentos, contando os dias para que estivesse finalmente ao lado de Júlio.

— Também...

— Como assim "também"? — Um olhar curioso tomava o rosto da colega.

— Vou passar os três primeiros dias na casa de um amigo e depois vou para a casa dos meus pais. — Uma semana havia se passado, mas, para Ramon, foi como se tivesse demorado meses. E depois de tanto tempo aguardando, a ideia de passar apenas três dias ao lado de Júlio o incomodava. Mas sentia falta da família também.

— Ramon... — Ele evitou ao máximo encarar Márcia, mas sabendo que isso o entregaria, se rendeu e virou. — Um amigo? Tem certeza?

— Não existe nada entre nós, ok? — Ramon contou por cima sobre Júlio. Falou que o garoto era de outro estado, que se conheceram em um grupo na internet e que tinha o sonho de publicar um livro.

— Por acaso é o mesmo garoto que te fez enfrentar a chefe? A *nossa* chefe? Aquela que você tremia só de ouvir o nome?

— Ele mesmo!

— E você ousa me dizer que não existe nada entre vocês?

— E, se tivesse, qual seria o problema?

— Absolutamente TODOS?! — Ela parecia incrédula. — Três meses atrás você resmungava porque o relacionamento com um garoto de uma cidade próxima daqui não tinha dado certo.

— São coisas diferentes. Foram outros fatores que fizeram aquele relacionamento não ter funcionado. — Ramon não gostava de se sentir exposto.

— Você está sendo hipócrita, Ramon! — Ela começava a levantar a voz. — Você só está se entregando por estar se sentindo sozinho aqui...

— E o que isso te interessa? Eu não devo satisfação da minha vida pra você nem pra ninguém!

— Desculpa se me preocupo e me importo com você! — Por mais que ela tentasse soar irônica, seus olhos lacrimejavam.

— Eu não preciso que você cuide de mim, tá bom?

Virou as costas e partiu em direção ao banheiro. Sentia-se péssimo por agir daquela maneira com a Márcia, mas odiava que outras pessoas tentassem controlar sua vida. Ele se apoiou na pia e passou a respirar fundo, contando até dez. Decidiu que mais tarde se desculparia, quando estivesse com os pensamentos em ordem. Mas iria impor um limite, porque não precisava que ela agisse como uma segunda mãe. Jogou água no rosto e voltou para a frente da loja.

O expediente custou a terminar. Era um dia calmo, com quase nenhum cliente ou trabalho. A livraria não havia recebido nenhuma nova encomenda, o que resultava em rodear a loja, vendo se tudo estava no lugar. De vez em quando, conferia o rosto de Márcia, tentando captar algum sinal do quão brava ela estava. Infelizmente, Ramon nunca foi muito bom em decifrar expressões.

Quando finalmente deu seis da tarde, Ramon foi buscar suas coisas para tentar resolver o mal-entendido com a colega. Enquanto caminhava em direção à saída, olhava em volta procurando algum sinal dela. Foi apenas próximo à escada rolante que conseguiu identificá-la devido aos cabelos encaracolados.

— Márcia! — exclamou Ramon em um volume alto o suficiente para que ela virasse. — Podemos conversar?

Depois de muita insistência, Márcia aceitou dar uma chance para que Ramon se explicasse. Foram até a praça de alimentação do shopping e, enquanto aguardavam os lanches, procuraram uma mesa disponível. Não precisaram andar muito.

— Eu gostaria de me desculpar pela maneira rude que eu agi com você mais cedo.

— Ramon, você está certo. — Márcia colocou a bolsa no colo ao sentar. — Não tenho o direito de interferir na sua vida.

— Ainda assim eu não tenho o direito de ser cruel. E tenho meus motivos para ser assim, mas você não tinha como saber.

— Saber o quê? Quais são os seus motivos?

Era um assunto delicado. Ramon sempre evitou essas perguntas, porque considerava íntimas demais. Ele sempre guardava apenas para si os monstros que assombravam suas noites. Mas depois de todo o esforço que Márcia fez para se aproximar e, principalmente, depois da maneira como a havia tratado, achou que a colega merecia saber. Além do mais, já era hora de colocar para fora e compartilhar.

— Sempre soube o que era e nunca tive problema com isso. Com quinze anos, eu me apaixonei por um garoto da escola. Foi quando decidi que deveria conversar com meus pais. — Ramon não se sentia confortável com a lembrança, mas continuou. — De início eles pareceram irritados e aquilo mexeu comigo. Mas logo uma nova expressão se formou no rosto deles: decepção. Senti uma dor maior do que achei que pudesse aguentar. — Relembrar aquele momento fazia tudo voltar e as mãos do garoto começaram a suar. — Depois de algum tempo, meus pais colocaram na cabeça que era apenas uma fase e logo passaria. Como se fosse uma coisa boba de adolescente, uma experiência, sabe? Como se isso fosse possível! Não me levaram para psicólogo, médico ou igreja. E só mais tarde fui entender o motivo: tinham vergonha de mim. Fizeram o possível para que mais ninguém soubesse da *aberração* em casa.

— E você nunca fez nada para reverter a situação?

— Ramon nunca foi bom em decifrar expressões, mas, daquela vez, ele conseguiu ler o rosto de Márcia. Ela sentia pena. E isso doía ainda mais.

— Depois dessa conversa, nunca mais tocamos no assunto. E, ao mesmo tempo que fingiam que não tinha acontecido, tentavam controlar o que eu fazia, aonde ia e com quem saía. — A cada apito que soava, os dois olhavam em direção ao monitor da lanchonete para conferir se era a senha deles. — Eles me controlavam como uma marionete, com medo que eu revelasse o meu "problema".

— E como você conseguiu convencer a deixarem você morar sozinho?

— Eu fui aceito em duas ótimas faculdades. Esta, que eu estou atualmente, e uma que ficava na cidade vizinha dos meus pais. O quesito desempate foi a distância de casa. Argumentei que aqui eu teria mais oportunidades e eles aceitaram. Provavelmente acharam que seria mais fácil esconder o problema depois que saísse de casa.

— Ramon, não sei nem o que falar. Imagino o quão difícil tenha sido. Nunca foi minha intenção trazer à tona tudo isso que você passou.

— Você não tem culpa. — E ele sabia que ela não tinha mesmo. — Julgamos um sorriso sem saber quanta dor é emitida para mantê-lo no rosto.

— E ainda assim você pretende ir visitar seus pais?

— Eles ainda são as pessoas que me deram à luz, que me criaram. Apesar de tudo, sempre se empenharam para me dar tudo de melhor. Não quero chorar arrependido depois que perdê-los.

— Fico orgulhosa de você. — O apito soou novamente. — Acho que agora é o nosso. E Ramon... conte sempre comigo, ok?

— Muito obrigado por me ouvir. — Ramon nunca havia percebido o quanto precisava dessa conversa. — E já que eu posso contar com você... busca lá o nosso lanche!

$$\infty$$

Enquanto comiam, o silêncio tomou conta da mesa. A cada mordida, Ramon olhava para a colega e se sentia feliz. Mais que feliz. Completo — e não era só por causa do hambúrguer —, mas porque finalmente passou a ver em Márcia alguém para se apoiar quando o mundo desmoronasse.

— Me fala um pouco sobre esse Júlio. — Márcia já havia terminado o lanche e roubava as batatas fritas da bandeja do amigo.

— Além do que você já sabe? Que ele sonha em publicar um livro e mora em outro estado?

— Quero saber o que existe entre vocês.

— Eu ainda não sei. Apenas sei que ele significa muito para mim e me faz bem. Que me sinto feliz e completo quando estou falando com ele.

— Eu pagaria para ver o dia que você resolver apresentá-lo aos seus pais.

Imaginar fez Ramon rir.

— É meio cedo ainda, porque eu nem sei se esse relacionamento vai dar certo. Na verdade, nem sei se é um relacionamento. Mas se der certo e ficarmos juntos, não vou esconder Júlio de ninguém. Só que também não sinto a necessidade de apresentá-lo oficialmente aos meus pais. Talvez futuramente eu mude de opinião, mas hoje não vejo como uma necessidade. Será que é errado pensar assim?

— Acho que não, se é isso que te faz se sentir à vontade. — Márcia sugou o resto do refrigerante até fazer barulho. — Agora vamos às compras?

— Que compras?

— Você realmente acha que vai passar uma boa impressão usando esses farrapos que chama de roupa? — Ela o olhou dos pés à cabeça. — Além do mais, lá deve fazer muito mais frio. Vamos, você precisa de algumas peças novas!

— Não tenho mais dinheiro, Márcia. Gastei tudo com as passagens e o pouco que sobrou é para gastar lá.

— Considere um presente!

Ramon sabia que nunca ganharia esse embate. Levantou os braços em rendição e deixou Márcia guiá-lo. E aquilo o fez feliz, porque pela primeira vez ele encontrara em alguém o significado da palavra amizade.

CAPÍTULO 9: *Júlio*

Júlio saltou da cama assim que o alarme do celular soou. Ramon embarcaria naquela manhã e ele queria deixar tudo perfeito para recebê-lo. Depois de alimentar o Senhor Capuleto, que já estava faminto e miando escandalosamente em frente ao prato vazio, resolveu começar a organizar o quarto. Se Ramon fosse dormir lá, o local precisava estar no mínimo apresentável.

Enquanto juntava algumas roupas espalhadas, sentiu o celular vibrar no bolso do jeans. Correu os dedos para pegá-lo e ficou alegre ao ver que era uma mensagem de Ramon.

[10:30] RAMON: Vou entrar no voo daqui a alguns minutos. Provavelmente essa é a última vez que conversarei com você virtualmente antes de chegar aí. Dá pra acreditar?! ♥

O coração de Júlio disparou. Antes mesmo de conseguir responder, Ramon ficou off-line. Júlio só conseguiu sorrir feito um bobo, lendo e relendo aquele recado inúmeras vezes. Ele tinha esperado muito por esse momento e estava se tornando real. Os dois finalmente iriam se encontrar e nada poderia estragar o seu dia.

Guardou o celular no bolso e respirou fundo antes de voltar ao trabalho. Ele sabia que poderia pedir para algum dos funcionários do hotel fazer o serviço, mas sabendo o quão movimentado estava o local, preferiu lidar ele mesmo com aquilo. Ou quase. Cristina se prontificou a vir dar uma mão. Enquanto Júlio passava aspirador, ela fazia coisas que considerava úteis — como comer amendoins e seguir Júlio como se fosse uma sombra enquanto pegava objetos e os largava no mesmo lugar.

— Sua geladeira está vazia... — notou Cristina.

— Ainda não fui ao mercado. Tenho que ir antes de Ramon chegar. Pensei em comprar algumas pizzas — respondeu Júlio, desligando o aspirador.

— Estou inclusa em seus planos? — Cristina lançou um olhar de cachorrinho pidão.

— Sim, Cris. — Júlio franziu as sobrancelhas para a garota e depois sorriu. — Você está inclusa em meus planos.

— Ótimo, pois tenho uma lista enorme de guloseimas que eu adoraria que você comprasse.

Os dois caíram na gargalhada e em seguida voltaram para o que estavam fazendo. Depois de deixarem tudo organizado, caminharam até um mercado a algumas quadras do hotel. Enquanto Cristina colocava salgadinhos dos mais variados sabores no carrinho, Júlio foi até a seção de congelados pegar as pizzas. Assim que chegaram à fila, Cristina perguntou para Júlio se ele já havia recebido alguma resposta da editora. Com um olhar apreensivo ele respondeu:

— Estou preocupado. Confiro meu e-mail o tempo

todo desde que enviei o manuscrito... — Júlio ficou em silêncio por um momento e prosseguiu: — Talvez não tenham gostado.

— Ou talvez nem tenham lido ainda... Faz o quê? Poucos dias que você enviou? Essas coisas podem demorar meses!

— Ou apenas não gostaram e ponto final! — Enquanto Júlio falava, reparou na cesta que a amiga carregava nas mãos: lotada dos mais variados doces e pacotes de salgadinhos. — Já faz mais de uma semana e não enviaram nem uma resposta confirmando o recebimento...

— Você é muito pessimista, Júlio! Tenho certeza de que logo vai ter uma resposta. — Cristina tentou motivar o amigo.

— Eu sei. Mas às vezes penso que poderia ter revisado mais antes de enviar. Poderia ter me esforçado mais.

— Júlio, sei que você deu o seu melhor. Não sou muito boa em massagear egos, mas você fez direito. Sabe que escreve bem. — Cristina não tirava os olhos do amigo a cada palavra. Não era de seu feitio consolar os outros, mas estava tentando. — E digamos que não dê certo. Que eles não queiram publicar sua história. Você simplesmente vai surtar e desistir? Ainda vai receber vários "nãos" na vida, Júlio. Mas a forma como lida com eles é que faz a diferença. Se der certo, vai ser incrível e seu sonho terá se realizado. Se não der, não desista. Não perca tempo lamentando e continue correndo atrás. É assim que transformamos sonhos em realidade.

Os dois ficaram em silêncio por um tempo enquanto

seguiam com a fila. As palavras de Cristina fizeram Júlio refletir. Ele sabia que a amiga estava certa. Receber um não da editora o deixaria arrasado, mas ele não podia perder tempo. Deveria acreditar em seu potencial e tentar até que desse certo. Quando chegou a vez deles no caixa, os dois tiraram as compras da cesta, colocando tudo na esteira do balcão. Depois de passar todos os itens, o atendente deu o valor e Júlio se prontificou em pagar a conta.

— O que você acha que os seus pais pensariam sobre o Ramon? — Cristina tentou puxar assunto enquanto os dois pegavam as sacolas.

— Às vezes eu me pego pensando nisso. — Júlio realmente não saberia responder essa pergunta. Seus pais eram exigentes em relação a sua vida profissional, porém pouco era discutido sobre a vida pessoal ou amorosa dele. — Mas fico feliz em saber que isso não é uma coisa com que eu precise lidar agora. — Júlio nunca imaginou que alguma vez na vida ficaria feliz pelo fato de os pais estarem fora.

~∂∂∂~

No caminho de volta, Cristina ficou em sua casa e Júlio seguiu com as compras para o hotel. Quando chegou ao saguão, correu para pegar o elevador. Um grupo de hóspedes estava subindo e Júlio quis aproveitar a viagem. Em seu andar, caminhou apressado em direção à porta, pois precisava se arrumar para esperar Ramon no aeroporto. O garoto chegaria em menos de uma hora e Júlio queria estar lá para recebê-lo.

Quando Júlio estava prestes a abrir a porta, ouviu um barulho vindo de dentro do apartamento. Em um primeiro momento ficou receoso, mas imaginou que deveria ser algum funcionário.

Assim que abriu a porta, deu de cara com sua mãe. Seu corpo inteiro tremeu; Júlio poderia jurar que vomitaria o coração para fora. A última coisa de que ele precisava era dos pais estragando os seus planos. Ou pior, ter que conversar com eles sobre o fato de um garoto — de outro estado e com certo envolvimento emotivo com Júlio — vir passar o final de semana na sua casa.

— Oi, filho! Onde você estava?

— Fui ao mercado... Comprar algumas coisas para o final de semana. Por que vocês voltaram mais cedo?

— Você conhece o seu pai. Surgiram alguns imprevistos e ele resolveu voltar antes. — A mãe parecia decepcionada. — Deixa adivinhar, essa comilança toda significa que a Cristina vem passar o final de semana aqui?

— Você adivinhou! — Júlio deu um sorriso amarelo tentando, ao máximo, disfarçar o refluxo corroendo sua garganta. O que ele ia fazer? Avisar para Ramon que tinha sido uma péssima ideia e cancelar todos os planos? Era tarde demais, já que o garoto já estava a caminho de sua cidade. Ele evitara, por anos, envolver-se a fundo com outros garotos justamente para fugir daquele tipo de situação. Era muito mais fácil procurar relacionamentos superficiais do que sentar para conversar com os pais.

— Você parece tenso. Aconteceu alguma coisa?

Tudo havia acontecido. Ele planejara um final de semana maravilhoso com um garoto que havia conhecido há... O quê? Um mês? Menos? Mas por quem, por acaso, já sentia um carinho muito especial. Pretendiam passar esse tempo juntos e aproveitar ao máximo cada segundo. E, de repente, os pais decidiram voltar mais cedo de viagem deixando Júlio, além de extremamente decepcionado por todos os planos irem por água abaixo, em uma situação muito desconfortável, com a qual ainda não estava preparado para lidar. Porém ele não tinha opção: precisava encarar. Ali mesmo, naquele exato momento.

— Eu preciso conversar com você.

CAPÍTULO 10: *Ramon*

Fora uma viagem longa e cansativa. Mesmo que Ramon não gostasse de aviões, essa havia sido a melhor — ou menos pior — parte da viagem. Havia sido um voo rápido e tranquilo. O pior vinha depois: um táxi até a rodoviária em um trânsito caótico seguido por uma longa viagem de ônibus, entre curvas e subidas, que deixava Ramon enjoado. Quando finalmente o motorista estacionou o ônibus e anunciou o destino final, pôde sentir que aquilo era real. E, se antes seu estômago embrulhava pelos embalos do ônibus, agora o nervosismo passava a causar ânsias.

Aguardou o aglomerado de pessoas — que disputava um espaço no corredor a caminho da saída — para que pudesse se levantar da poltrona e retirar a bagagem no compartimento acima. Assim que alcançou a porta do transporte, sentiu um vento frio bater no rosto. Agradeceu mentalmente a Márcia o agasalho quente que ganhara. Desceu o último degrau, sentindo os batimentos cardíacos aumentarem a cada passo.

Quando finalmente alcançou o saguão, andou devagar procurando por aquelas lindas covinhas que o conquistaram.

Olhou para e esquerda e, logo depois, para a direita, mas não encontrava Júlio. Quando sentiu que desmoronaria, um cutucão nas costas o assustou. Virou rapidamente, sentindo o coração disparar de alegria. Mas o que encontrou estava longe de ser aquele garoto de cabelos longos e sorriso cativante. No lugar, havia uma garota, um pouco mais baixa que Ramon, com cabelos ondulados e pele clara. Ela o encarava fixamente.

— Humm... Cabelos ruivos e vestes de segunda mão. Você deve ser o Ramon.

— Cristina? — Ele demorara a reconhecer. — Onde está o Júlio?

— Ele me mandou aqui para avisar que foi uma péssima ideia e você deveria voltar.

— O quê!? — Ramon sentiu uma dor como se rasgassem seu peito e arrancassem o coração a unhadas. — Como assim?

— Brincadeira! Ele teve alguns problemas de última hora e não pôde vir te buscar.

— Ah! Nossa, que susto! — O coração de Ramon estava disparado, mas agora o garoto se preocupava pensando que tipo de problemas Júlio teve para não ter ido ao seu encontro.

— Então, você terá que passar algumas horas comigo até que ele resolva tudo. Vamos indo, no caminho eu explico o que aconteceu.

Durante todo o trajeto, Ramon olhava pela janela, mas sem prestar atenção na cidade a sua volta. A cabeça estava em Júlio — sentia-se em parte angustiado com o que havia acontecido e também chateado por ainda não o ter encontrado. Depois de vinte minutos num silêncio constrangedor, o táxi estacionou na entrada do shopping. Cristina desceu primeiro, seguido por Ramon e sua bagagem.

— Será que Júlio vai demorar muito?

— Talvez ele tenha criado um pouco de juízo naquela cabeça e finalmente desistido dessa loucura. — Ramon tinha dificuldades de identificar se ela falava sério ou se estava apenas brincando. — O que acha de comer? Tô morrendo de fome!

— Uma ótima ideia! Aqueles biscoitos sabor isopor que servem no avião não enchem a barriga.

— Espero que você tenha dinheiro o suficiente, porque vai pagar o meu lanche.

Foram até a praça de alimentação e passaram um bom tempo conversando, mesmo depois de terem terminado de comer. Ramon descobrira que ambos tinham um gosto parecido em relação a livros e seriados, e aos poucos se acostumava com a personalidade única de Cristina.

— O que acha de passarmos na livraria? Quem sabe você se sinta mais em casa...

Mais uma vez ele não sabia se era ironia da garota ou se estava sendo rude de propósito, mas aceitou. Passara os últimos meses dentro de uma livraria, desencaixotando, arrumando e vendendo livros; nem lembrava mais qual era a sensação de ir apenas a passeio. Enquanto caminhavam, verificou a tela do celular. Nenhuma ligação ou mensagem de Júlio, e já começava a anoitecer. Um misto de preocupação com decepção estampava seu rosto.

— Preocupado com a demora? — Ramon guardou o celular no bolso e olhou para Cristina. — Não se preocupe, ele vai aparecer...

— Eu sei, só estou um pouco nervoso — respondeu Ramon.

— E qual é o lance de vocês dois? Um caso passageiro ou é namoro mesmo? — Cristina perguntou e Ramon começou a ficar vermelho, sem saber o que responder. — Porque, por experiência própria, relacionamentos a distância não funcionam. Uma vez namorei um garoto da minha rua e, tudo bem, não era longe, mas ele trabalhava em uma agência de viagens, e isso significava que ele passava bastante tempo em outros estados. A gente se via pouco e era difícil suportar a saudade, sabe? Mas eu também não confiava nele, já que quando começamos a namorar, ele já namorava outra garota. — Ele estava ficando confuso com a história de Cristina. — Enfim, o fato é que não deu certo.

— Por quê? O que houve?

— Ele morreu! — Ramon quase engasgou. — Na verdade, ele não morreu de verdade. Mas morreu pra mim, entende? Descobri que ele estava tendo caso com uma garota que ele conheceu em uma dessas viagens a trabalho.

— Faz sentido... — Não estava entendendo nada, mas se esforçava ao máximo para levar a garota a sério.

— Mas talvez vocês dois funcionem, sabe? Eu conheço Júlio e sei que ele leva um compromisso a sério. Falo isso porque nós já namoramos. — Ramon não sabia se ria ou ficava espantado. — Deve ter durado uns três dias e, pouco tempo depois, ele resolveu se assumir para mim. — Enquanto a garota contava, tentava imaginar como deve ter sido o relacionamento. — Será que ele se tornou gay por minha causa?

— Cristina, ninguém se torna gay. A pessoa já nasce assim...

— Será que o problema sou eu? Por isso todos os garotos com quem eu me envolvo acabam virando gay ou morrendo?

Sem saber mais o que falar, deixou ela falando sozinha no corredor enquanto entrava na livraria. Caminhava entre as prateleiras, absorvendo o cheiro de livro novo — era incrível como esses pequenos prazeres passavam despercebidos quando se ia a uma livraria a trabalho. Mas voltou a pensar em Júlio.

Retirou o celular do bolso mais uma vez na esperança de ter algum sinal do garoto. Nada. Começou a verificar as redes sociais, tentando se distrair. Enquanto rolava a linha do tempo do Instagram, se deparou com uma foto de um youtuber músico, que ele acompanhava, ao lado da namorada. Na legenda, o casal comemorava quase um ano de namoro. Ramon curtiu a foto e suspirou. Queria tanto um amor assim, um relacionamento repleto de companheirismo e paixão. Não conseguia parar de pensar no que podia ter acontecido para Julio sumir.

Cristina também havia entrado e estava concentrada, olhando alguns livros. Ramon se aproximou da garota para ver o que ela fazia. Sem levantar a cabeça, Cristina disse:

— Com licença, você poderia me ajudar? — Virou lentamente a cabeça em direção a Ramon. — Me desculpa, confundi você com um dos funcionários! — Ele entendeu a ironia dessa vez, mas se fez de desentendido. — Estou pensando em levar um desses de presente para o Júlio, mas estou na dúvida.

— E quais você separou?

— Bem, estou entre *Uma paixão por burros* e *Como se livrar de um vampiro apaixonado*. Qual você acha que é mais a cara dele?

— Lamento não poder ajudar nesse seu problema, senhora — respondeu Ramon, entrando na brincadeira. — Mas tem esse aqui, que se chama Amiga, deixa de ser trouxa; acho que você pode gostar. Está na lista dos mais vendidos!

— Boa! Tô começando a gostar de você! — O celular de Cristina vibrou dentro do bolso. — Novidades! Júlio pediu para nos encontrarmos na minha casa em meia hora.

୧୧୧

Dessa vez eles foram caminhando. Era um trajeto curto, de aproximadamente quinze minutos, e Ramon tentou prestar mais atenção a tudo. Não que se importasse muito de conhecer a fundo novas cidades, mas se interessava em saber mais sobre onde Júlio morava.

O sol já não aparecia, mas a coloração rosada de fim de tarde estampava o céu. Aquela iluminação dava um toque de beleza na arquitetura europeia da cidade. Caminhava tranquilamente e agradeceu em silêncio por Cristina não atrapalhar aquele momento com conversa. Qualquer tipo de diálogo pioraria ainda mais a ansiedade que queimava dentro do peito.

Pararam em frente a uma casa pequena, sem muro e com um belo gramado. Seguiu a garota pelo caminho de pedras até a entrada. Antes de alcançar a varanda, a porta se abriu, revelando aos poucos a pessoa que estava por trás. Cabelos na altura do ombro, olhos repletos de brilho e um sorriso de covinha. Uma vontade súbita de largar tudo no chão e correr para os braços de Júlio o consumiu, mas se deteve e deu um sorriso tímido.

— Olha quem chegou! — A voz rouca de Júlio fez Ramon se arrepiar. — Como foi a tarde?

— Foi divertida, tive uma ótima guia. — Apesar de Cristina se esforçar para assustar Ramon, ele acabara gostando da garota. — E você? Como estão as coisas? Tudo resolvido?

— Foi melhor do que eu esperava, mas outra hora eu explico. Não vamos querer gastar nosso tempo conversando sobre isso, certo? — Júlio o encarava com intensidade. Cristina pigarreou. — Cris! Fico feliz que tenha trazido ele inteiro.

— Você tá me devendo essa! — Algo nas suas palavras dizia que ela realmente cobraria. — E me lembre de pegar de volta a cópia da chave que eu te dei. — Ela passou direto pelos dois, entrando na casa.

— Fico feliz por você estar aqui, Ramon. — O garoto queria poder dizer o mesmo, mas, antes que pensasse em responder, Júlio o convidou para entrar. — Eu trouxe sorvete e algumas pizzas, espero que goste.

— E quem não gosta de pizza e sorvete?

— Ótimo! Vamos passar essa noite aqui na Cris, tudo bem? Me segue que vou mostrar o quarto.

Subiram em silêncio e isso deixou Ramon desconfortável, pois tinha certeza de que era possível ouvir o barulho do seu coração acelerado a quilômetros. Júlio o guiou até o final do corredor, revelando um quarto aconchegante, com uma cama de casal e uma penteadeira.

— Esse é o quarto de visitas. — Ramon largou a mala em cima da cama enquanto Júlio falava. Sentiu que alguma coisa estava errada e estranhou um pouco a distância entre eles. — Se você precisar de qualquer coisa, é só me avisar, ok?

— Onde fica o banheiro? — Ramon perguntou.

— É na segunda porta à direita. — Ramon caminhou até a porta do quarto, onde se encontrava Júlio, para ver onde era. — Se quiser tomar um banho, tem toalha no armário embaixo da pia.

Eles estavam tão próximos que era impossível não sentir o hálito doce que vinha da boca de Júlio. Aquilo o fazia querer se aproximar cada vez mais. Sentia seus corpos se atraindo, como se existisse um campo magnético entre eles. Olhou nos olhos de Júlio e sentiu que o garoto queria o mesmo. O silêncio tomava conta do ambiente, mas não importava, nada mais ao seu redor importava. Só Júlio. Sentiu a aproximação lenta, enquanto imaginava o momento que suas bocas se encontrariam e suas línguas se enlaçariam. Já sentia a respiração de Júlio próximo, quando um barulho despertou os dois do transe.

— Júlio! — Cristina chamou de onde devia ser a cozinha. — Preciso de ajuda!

—Vou lá ver do que a Cris precisa. Qualquer coisa, é só chamar! — Júlio se afastou e Ramon queria gritar "não!", Cristina não precisava dele mais do que ele. Júlio deveria ficar ali, fechar a porta e voltar para o beijo que quase acontecera. Queria provar o sabor dos lábios daquele garoto que o trouxera até ali, a quilômetros de distância. Mas, em vez disso, apenas acenou com a cabeça.

CAPÍTULO 11: *Júlio*

Por alguns segundos, tudo o que Júlio queria era apertar o pescoço de Cristina até que seus olhos saltassem para fora enquanto observava a amiga tendo uma morte lenta e sufocante. Quando chegou à cozinha, ela terminava de lavar a pouca louça que estava na pia.

— Quanto tempo você pretende me fazer esperar até me contar como foi a conversa com seus pais?

— Na verdade foi só com a minha mãe. — Às vezes Júlio sentia que o pai se importava mais com o hotel do que com o próprio filho. — Aquela velha história de sempre, sabe? "Apoiamos você, mas achamos que é muito cedo para pensar em namorar, ainda mais um garoto que mora em outro estado", seguido pelo previsível "o mundo é repleto de pessoas gananciosas que usam outras pessoas para subir na vida".

— Por um lado, ela tem razão. Você tá tão encantado com o falso irlandês, que acaba ficando cego para todo o resto ao seu redor. — Júlio lançou um olhar acusatório para Cristina. — O que foi? Eu não tenho nada contra o Dexter Morgan, só não o conheço o suficiente para confiar nas suas supostas boas intenções.

— Primeiro: se ele fosse tão ganancioso assim, teria ficado em casa, já que os pais têm uma boa condição. Segundo: você não precisa confiar nele, mas, em mim. E respeitar minhas decisões.

— É, pelo jeito, em pouco tempo ele vai me colocar de escanteio e ocupar todo o espaço na sua vida. — Por fora, Cristina parecia sarcástica e fria, mas Júlio sabia que por dentro o ciúme a destruía.

— Cristina, você é a minha pessoa. Você sempre será a minha pessoa.

— Cale a boca, Meridith Grey! — Cristina sorriu em resposta.

Enquanto a amiga terminava de limpar a pia, Júlio repassava a conversa com a mãe mentalmente. Era óbvio que Ramon não tinha interesse nenhum no dinheiro da sua família, mas alguma coisa ainda o incomodava. A distância. Ele sabia que parecia uma coisa irrelevante quando eles se conheceram, algo que nunca foi considerado. Mas agora as coisas eram diferentes, ele sentia algo real e forte pelo garoto, sabia que aquele pequeno detalhe poderia interferir. Pela própria experiência, crescendo com pais que passavam mais tempo viajando do que convivendo com o filho, sabia o quanto a distância machucava.

— Alô?! Tem alguém aí? — Júlio retornou a si com os dedos de Cristina estalando na frente de seu rosto. — Se está com tanta fome assim, é só levantar e comer. Ficar encarando a geladeira não vai fazê-la caminhar até aqui para oferecer algo.

— Falando em comida, vou chamar o Ramon antes que as pizzas esfriem.

— Mas eu gosto tanto de pizza fria... — Cristina fez um beicinho, mas Júlio sabia que ela estava sendo sarcástica. — E se eu puder dar a minha opinião: deixa de lado o que estiver te consumindo e aproveita o momento. Não vale a pena perder tempo pensando nisso agora.

A noite acabou sendo mais divertida do que Júlio esperava. Assistiram ao começo de uns quatro filmes diferentes, até que desistiram de procurar algum que achassem bom. Eles se empanturraram de comida e passaram quase a madrugada inteira de conversa fiada e rindo. E, para a surpresa de Júlio, em algum ponto da noite, Ramon e Cristina trocaram algumas farpas, mas ambos pareciam se divertir com a situação. Quando o sol ameaçava surgir, os três resolveram ir para a cama. Júlio ficou em um dilema entre dormir com Ramon e parecer oferecido, ou dormir no sofá e parecer desinteressado. O drama foi resolvido quando Ramon o convidou para se juntar a ele no quarto.

Os dois estavam tão cansados que acabaram pegando no sono em poucos segundos. Acordaram pouco depois do meio-dia e se arrastaram até o sofá. Enquanto despertavam lentamente, comeram as sobras da pizza da noite anterior em silêncio. Júlio olhava para Ramon, que prestava atenção na televisão, enquanto repassava em sua cabeça a conversa com a mãe. Como se soubesse que estava sendo observado, o garoto olhou de volta para Júlio.

— Vamos dar uma volta? — Júlio resolveu seguir o conselho de Cristina e aproveitar o momento.

— Claro! — Ramon pareceu empolgado com o convite.

— Agora? — Cristina protestou. — Faz uns vinte minutos que levantei, mas minha alma ainda tá deitada na cama.

Os dois olharam para Cristina. Ela não estava nos planos deles. Júlio olhou novamente para a amiga, tentando demonstrar em uma expressão que ela não estava sendo convidada.

— Por que vocês dois estão me olhando? Eu não falei com vocês... — Aparentemente ela havia entendido. — Estava conversando com as vozes... Da minha cabeça... Dá pra saírem logo daqui? Preciso de privacidade!

Em poucos minutos, os dois já estavam prontos para um pequeno tour pelos lugares que Júlio mais frequentava e que eram importantes para ele: basicamente a biblioteca municipal e a cafeteria. Por sorte a biblioteca estava aberta — embora a placa afirmasse que o local funcionava até as quinze aos sábados, Júlio sabia que na maioria das vezes o horário não era respeitado. Passearam por entre as estantes até chegarem a uma mesa central, na qual Júlio costumava sentar para escrever. Contou para Ramon algumas de suas histórias naquele lugar e o garoto pareceu interessado.

Dali, foram direto para a cafeteria. Ramon, que parecia perdido com as opções do cardápio, aceitou a indicação de Júlio e pediu uma fatia de torta de frutas vermelhas e um chocolate quente com marshmallows. Pela expressão que fazia enquanto saboreava o lanche, Júlio soube que havia sido uma boa sugestão.

— Todos os lugares aqui servem uma comida tão boa? — Ramon parecia nem respirar enquanto comia.

— Eu não sei, esse é um dos poucos lugares que me fazem sair de casa para comer. — Júlio nunca enjoava daquela cafeteria. — Mas podemos descobrir. O que acha de sairmos para jantar hoje à noite?

— Olha para mim e diz se eu tenho cara de quem recusa comida...

— Combinado então! — Júlio se sentia empolgado. — Agora termina esse bolo para buscarmos nossas coisas na casa da Cristina.

Júlio estava completamente perdido sobre que roupa usar. Pelo que sabia, um jantar pedia uma roupa um pouco mais formal — até vestir uma camisa social, calçar sapatos de couro e se sentir ridículo. Despiu-se rapidamente e ficou encarando o guarda-roupa. Escolheu uma camiseta e uma blusa de moletom, e trocou os sapatos por um par de tênis. Informal demais. Tirou a blusa de moletom e arriscou uma jaqueta de couro. Sentia-se confortável, mas ainda inseguro, até Ramon aparecer na porta do quarto, usando uma calça jeans, bota e uma blusa de lã. "Deuses, como ele fica lindo com coisas tão simples", pensou. Olhou para o espelho e decidiu que estava pronto.

Pegaram um táxi até o restaurante. Esquecera-se de fazer uma reserva, mas não deveria ser difícil conseguir lugar para duas pessoas. Arrependeu-se amargamente quando chegou na porta e viu que havia uma enorme fila de espera.

Decidiram tentar outra opção. Já no táxi, Júlio começou a ligar para todos os restaurantes que lhe vinham à cabeça. Todos estavam lotados e com uma espera de aproximadamente três horas. Lembrou-se então de um restaurante que frequentava com os pais quando era criança, mas não conseguia encontrar o número de telefone. Por sorte, lembrava a localização e guiou o taxista.

Chegando ao local, depararam-se com um estabelecimento abandonado. Portas lacradas, nenhuma placa e completamente escuro. A fome começava a incomodar e não encontrar um único restaurante disponível o aborrecia. Como última esperança, pediu para descerem no centro, onde caminhariam em busca de qualquer lugar que servisse comida e tivesse uma mesa disponível.

— Eu deveria ter reservado... — Júlio se culpava o tempo todo pelo desastre. — Essa época do ano é repleta de turistas na cidade.

— Tudo bem, nós decidimos em cima da hora. — Ramon tentava acalmá-lo, mas não estava resolvendo. — Podemos ir pra casa e pedir uma pizza.

— De novo? Nós já comemos pizza ontem...

— Mas eu não me importo, eu amo pizza!

Mas Júlio se importava. Ramon viera de longe para conhecê-lo e ele só queria proporcionar a melhor experiência para o garoto. Mas, como se não bastasse, Júlio viu todos os seus planos indo ralo abaixo quando sentiu as primeiras gotas frias de chuva caírem do céu. O desastre estava completo.

— Você faz tanta questão assim de comer em um restaurante? — Ramon parecia tão despreocupado com a situação, o oposto de Júlio.

— Não é isso. Eu só queria que fosse uma noite especial... — Júlio não acreditou que havia assumido.

— Bem, para mim cada minuto aqui tem sido muito especial. — Muito provavelmente Ramon falava apenas para confortá-lo. Júlio estava inseguro. — Mas podemos voltar para sua casa e preparar o nosso próprio jantar. O que você acha?

— Eu não sei cozinhar muito bem...

— Também não sou muito bom, mas podemos ver do que somos capazes no desespero da fome. — Era impossível ficar desanimado ao lado daquele garoto.

∿∿∿

Os dois voltaram para o hotel e Júlio foi conferir o quarto dos pais. A mãe dormia sozinha, com a televisão ligada, enquanto o pai provavelmente deveria estar pelo hotel resolvendo algum problema — ou já tinha embarcado para algum outro lugar. Ele foi até a cozinha e viu que

Ramon havia colocado em cima da bancada tudo que parecia necessário para preparar um jantar. Havia um pacote de macarrão, queijo, molho de tomate, pão, cebola, alho, maionese, batatas, requeijão, alguns temperos e um pote de sobra de filé de frango que Júlio trouxera da cafeteria do hotel para almoçar na sexta-feira.

Os dois se olhavam, decidindo o que poderiam fazer com aquilo. Foi quando Ramon lançou a proposta:

— E se dividirmos os ingredientes e fizermos uma competição de quem prepara o melhor prato?

— Acho que seria um desastre duplo!

— Pelo menos teríamos mais opções para o jantar. — A expressão no olhar de Ramon quando ele sorria o deixava desnorteado. — E seria bom para distrair um pouco.

Para Júlio, aquilo o deixaria ainda mais tenso, porque ele não tinha a mínima ideia do que fazer. Mas topou mesmo assim. Dividiram os ingredientes, colocando uma metade em cada ponta da bancada.

— Teremos exatamente uma hora para que os pratos estejam prontos em cima da mesa. Na contagem de três, dois, um... Valendo!

Júlio continuou parado olhando para os ingredientes à sua frente enquanto Ramon já começava a preparar um prato. Ele não fazia ideia do que faria. Vinte minutos se passaram e Júlio roía o pão fatiado ainda sem decidir qual receita fazer. Foi quando olhou para o pão que comia e teve uma ideia — simples, mas válida. Em desespero, começou a picar o alho, tentando ser o mais rápido que podia para não estourar o tempo. Júlio decidiu entrar de vez na brincadeira.

Faltando menos de um minuto, Ramon já colocava o seu prato na mesa, observando a correria de Júlio. Para aumentar ainda mais o desespero dele, Ramon começou a fazer uma contagem regressiva.

— Dez, nove, NÃO VAI DAR TEMPO, JÚLIO! — Júlio deu uma olhada para Ramon, que se divertia com a situação. — Oito, sete, É MELHOR EMPRATAR LOGO! — Enquanto retirava a forma do forno, queimou a mão e praguejou baixinho. — Seis, cinco, quatro. — Terminou de arrumar o prato e corria em direção à mesa. — Três, dois e... Acabou o tempo, mãos para cima! — Júlio conseguiu entregar o prato dentro do tempo estipulado.

Se sentia satisfeito com o resultado, até olhar para o prato de Ramon. O garoto tinha feito — e Júlio não fazia a mínima ideia de como — macarrão ao alho e óleo, e uma batata assada recheada com frango e queijo. O prato de Júlio não passava de algumas torradas com um molho de alho e maionese.

— Bem, primeiro você vai experimentar o meu. — Ramon colocou o prato na frente de Júlio enquanto explicava o processo de preparo. Júlio enrolou o macarrão no garfo e colocou na boca. Logo em seguida experimentou a batata recheada. Estava tudo muito bom.

— A batata está muito boa, no ponto certo. O macarrão está apenas ok. — Júlio fez uma cara de insatisfeito, tirando sarro de Ramon. — Faltou *tômpero*.

— Obrigado, chef. Agora me apresente o seu prato.

— Bem, cortei o pão em quadradinhos e coloquei um creme de alho, maionese e queijo ralado. — Júlio não citou o quarto ingrediente do creme por não ter certeza do tempero que havia usado. — Assei por uns quinze minutos e finalizei com orégano.

— Em qual temperatura estava o forno?

— Sei lá, uns cento e vinte graus? — Júlio não lembrava.

— A torrada está muito boa, com bastante crocância, mas poderia colocar um pouco menos de tempero. — Ramon começou a tossir. — Por acaso você colocou pimenta-do-reino?

—Acho que sim, chef. — Pela coloração, poderia ser pimenta-do-reino, sim.

Ramon continuava a tossir, cada vez mais e mais. Júlio começou a ficar preocupado quando o garoto ficou vermelho como seus cabelos. Ramon começava a sufocar e ele continuava sem entender o que estava acontecendo. Será que ele tinha alergia a pimenta-do-reino? Sentia-se culpado, mas como poderia saber? Foi quando Ramon caiu da cadeira, de costas no chão, que o desespero subiu queimando pela garganta. Desorientado com toda aquela situação, Júlio se abaixou correndo até Ramon, balançando o garoto pelos ombros, em uma tentativa desesperada de tentar entender o que estava acontecendo. Chamava desesperadamente por Ramon, que continuava a tossir, com a vermelhidão tomando quase que completamente o seu rosto. Sem alternativa, Júlio retirou o celular do bolso e teclava o número da emergência. Depois de quatro longos sinais de chamada, uma voz feminina atendeu ao chamado.

— Eu preciso de uma ambulância agora mesmo! — Começava a soluçar de desespero. — Acho que matei um garoto!

CAPÍTULO 12: *Ramon*

Uma gargalhada começava a se formar no fundo da sua garganta. Por mais que se sentisse mal por deixar Júlio tão desesperado, não conseguiu evitar a brincadeira. Quando Júlio se deu conta de que estava tudo bem com Ramon, um misto de raiva e alívio tomou conta do seu rosto. Júlio tivera que pedir mil desculpas para a pessoa da emergência no telefone.

— O que foi isso? — Aos poucos Júlio parecia se acalmar da fúria. — Você tá fazendo um jogo comigo, garoto?

— Desculpa se te assustei. Só queria saber se você morreria por mim como em um romance shakespeariano! — Ramon poderia jurar que Júlio o mataria, apenas por vingança, pela brincadeira de mau gosto. Mas foi surpreendido quando o garoto entrou no espírito e começou a encenar.

— Esta é tua bainha! — Júlio atuava de forma dramática, como se estivesse se apunhalando. — Enferruja-te aqui e deixe-me morrer! — Logo em seguida, caiu sobre Ramon.

Os dois riram, se divertindo com aquilo. Acomodaram-se ali mesmo, no chão, e fixaram o olhar um no outro. Não sabiam quanto tempo havia se passado nem em que momento começaram a trocar carícias, mas torciam para que o tempo parasse e que aquele momento nunca mais acabasse. Com a respiração ofegante, Ramon foi se aproximando de Júlio e percebeu que o garoto fazia o mesmo. Quando estavam bem próximos, Ramon segurou o rosto de Júlio e disse:

— Deste modo, com um beijo, deixo a vida.

Finalmente seus lábios se encontraram e Ramon jurou ter ouvido fogos de artifício. Um beijo doce e suave, repleto de paixão e desejo; o toque úmido de suas línguas se emaranhando em uma dança coreografada. O único barulho no ambiente era a chuva que batia na janela. Seus lábios finalmente se separaram, mas as testas mantinham-se coladas, enquanto Ramon segurava o rosto de Júlio com as mãos, num desespero para que o outro não fosse embora.

— Você sabe que essa cena deveria ter acontecido antes de você morrer e eu me apunhalar, certo? — Com as bochechas coradas, Júlio sorria.

— Pois eu concordo que isso deveria ter acontecido há muito tempo. — Ramon nem deu tempo de Júlio responder.

Dessa vez o beijo foi mais intenso. Eles se entregaram completamente ao momento e uma das mãos de Ramon acariciava os cabelos de Júlio. Seus corpos se enrolavam enquanto o ritmo do beijo aumentava. As mãos de Ramon subiam por dentro da camiseta de Júlio, que beijava lentamente a sua nuca, fazendo Ramon se arrepiar inteiro. Perderam-se naquele beijo até ficarem com a respiração ofegante. Júlio olhou para Ramon e disse:

— Teus lábios estão quentes.

Acordaram no meio da madrugada, com as costas doloridas por terem pegado no sono enquanto estavam abraçados, ainda no chão da sala de jantar. Levantaram no susto pelo medo de serem pegos ali e caminharam, ainda zonzos de sono, até o quarto de Júlio. Sem nem trocar de roupa, ajustaram o despertador e jogaram-se na cama, caindo no sono novamente.

Não muito tempo depois de o sol nascer, Ramon despertou. Abriu os olhos lentamente e reparou que Júlio ainda dormia e viu ali uma oportunidade de se emaranhar no garoto. Ramon iria embora naquele dia e queria aproveitar cada segundo. Algum tempo depois, espreguiçou-se e decidiu tomar banho antes de acordar Júlio. Desde o dia que Ramon confirmou que iria visitar Júlio, os dois passaram noite após noite planejando um roteiro turístico perfeito para aproveitar o último dia de sua estada. Por mais que estivesse empolgado com aquela programação, uma parte sua doía ao lembrar que em horas estariam separados novamente.

Depois de muita água quente, secou-se e colocou uma roupa confortável para conhecer a cidade. Quando chegou ao quarto, Júlio já não estava mais na cama. Continuou se

arrumando e organizando as coisas até que o garoto finalmente surgiu na porta.

— Preparei um café para você. — Enquanto Júlio falava, Ramon caminhava em sua direção. — Vamos comer?

— Ser acordado com o café pronto? — Enquanto segurava o garoto pela cintura, roubou um beijo. — Vou ficar
muito mal-acostumado assim.

— Quero que você tenha o melhor que eu possa oferecer.

— Eu já tive o melhor ontem à noite. — Os dois sorri-
ram em um abraço apertado.

De barriga cheia, partiram em direção à entrada do
hotel, onde um dos motoristas do pai de Júlio aguardava.
A primeira parada foi em uma fábrica de chocolates. Por
mais que não fosse tão fã assim de doces, Ramon ficou ma-
ravilhado com o local. Aprenderam um pouco mais sobre
os processos pelos quais o alimento passava até chegar à
forma em que era vendido. O percurso acabava em um espaço onde podiam comprar chocolates fabricados. Escolheu
alguns presentes para a sua mãe e também para Márcia.

Dali, partiram em uma caminhada pelo centro. Durante o dia, Ramon pôde observar melhor as construções
que deram fama à cidade. A mistura de madeira, com ti-
jolos e paredes brancas em contraste com a região monta-
nhosa lembrava muito a Suíça, e aquilo deixava Ramon
fascinado. Passaram por uma viela estreita e cercada por
casas altas, com mesas tomando conta do caminho. Pes-

soas apreciavam diferentes tipos de quitutes e bebidas que esquentassem aquele clima frio, porém agradável.

Continuaram caminhando até avistarem um teleférico. Ramon estava extremamente empolgado, já que nunca havia andado em um. Tinha ido na frente, e Júlio, no assento logo atrás. Enquanto subia, fechou os olhos e sentiu o vento frio no rosto. Quanto mais próximo do topo chegava, mais sentia os pés congelarem. Assim que pisou em solo firme, aguardou Júlio e seguiram juntos até um jardim suspenso. Sentaram em um banco e observaram a cidade lá de cima.

— E aí, tá gostando do passeio? — perguntou Júlio.

— A cidade é muito linda! — Ramon virou para olhá-lo. — E meu guia turístico é mais ainda. — As bochechas do garoto coraram.

— Eu ainda não acredito que você nunca tinha andado de teleférico! Não tem um desses na sua cidade?

— Na verdade, não sei. Mas acho que não. — Ramon já tinha se mudado há seis meses, mas nunca saíra para conhecer melhor a cidade. — Pelo menos, não desse jeito, aberto como se fosse um balanço.

— É uma pena que você vá embora hoje, gostaria de te mostrar muito mais. — Júlio parecia sentir a mesma dor que Ramon ao ouvir a frase.

— Por que as coisas boas acabam tão rápido, né? — Por mais que os dois tivessem evitado o dia inteiro tocar no assunto, Ramon achou que era hora de resolver o que mais o incomodava. — Júlio, como você acha que vão ficar as coisas entre nós?

— Eu tenho evitado pensar nisso. — Júlio conseguia ver pelo olhar que era algo tão complicado para ele quanto para Ramon. — Você vai embora daqui algumas horas e eu tenho tentado me convencer de que é tudo uma mentira. Que você estará na minha cama amanhã, quando eu acordar.

— Você acha que a distância pode ser um problema?

— Sinceramente? Não. Conheço vários casais que superaram isso e estão juntos há muito tempo. Acho que o principal é se realmente queremos e estamos dispostos a tentar.

— E o que você acha que podemos fazer dar certo?

— Eu acho que devemos pensar sobre o assunto enquanto aproveitamos o resto do dia. — Não era o que Ramon esperava ouvir, mas sabia que Júlio estava certo.

∿∿∿

A próxima parada foi um borboletário. Ramon nunca imaginou que aquele tipo de lugar pudesse existir, mas depois que entrou, ficou encantado. De fora, parecia apenas uma estufa, mas, por dentro, sentia-se transportado para um ambiente mágico. Caminharam por quase todo o viveiro enquanto Júlio explicava que ali havia trinta e cinco diferentes espécies de borboletas.

Pararam embaixo de um arco arborizado para Ramon admirar uma espécie que chamara sua atenção. No centro, as asas do inseto tinham um tom de vermelho, e uma coloração preta com bolinhas brancas na beirada.

— Eu admiro muito as borboletas, sabia? — Ramon virara em direção ao outro rapaz. — Elas passam por diversas fases, mas sempre serão borboletas. Desde quando estão no ovo até quando viram imagos, a forma final delas. É um longo processo de evolução até ficarem belas e poderem voar.

Ramon estava encantado com a sabedoria de Júlio. Depois de mais alguns minutos, o passeio terminou e eles perceberam que a despedida se aproximava. Pegaram um táxi e passaram no hotel para buscar as coisas de Ramon, que já estavam organizadas e prontas.

O caminho até a rodoviária foi silencioso. Ramon lamentava pelo final de semana ter chegado ao fim. Virou a cabeça para o lado e percebeu que Júlio olhava o horizonte com uma expressão reflexiva. Quando chegaram, o aperto no coração ficou ainda mais forte. Segurou na mão de Júlio, sentindo que o garoto também suava.

Continuaram quietos por quase todo o trajeto até a entrada de embarque. Eles só tinham poucos minutos juntos e Ramon não queria que fossem desperdiçados com silêncio. Ficou de frente para o garoto e começou a falar.

— Antes de eu ir embora, gostaria de te entregar um presente. — Enfiou a mão no bolso para retirar um pequeno pacote. — Um dia antes de vir pra cá, fazia compras no shopping com a Márcia em busca de um presente pra você. Queria algo que simbolizasse tudo o que significa para mim. — Entregou-o nas mãos de Júlio. — Sempre senti que faltava algo na minha vida, mas não sabia o que era. Eu me sentia incompleto, até você surgir. Você é a peça que faltava para me completar. — Júlio desembrulhou a pequena caixa e viu dois colares cada um com um pingente prateado no formato de uma peça de quebra-cabeça. — Então, se você aceitar, eu quero tentar. — Pegou um dos colares e colocou no pescoço, emocionado e ao mesmo tempo ansioso pela resposta de Júlio. — Estou disposto a tentar fazer esse relacionamento dar certo, e não vai ter família, amigos ou distância que possam me impedir.

Quando Júlio abriu a boca para responder, o celular do garoto vibrou. Ramon observava enquanto ele tirava o aparelho do bolso e desbloqueava a tela. A curiosidade tomou conta de Ramon quando Júlio o olhou com uma expressão de confusão.

— O que aconteceu? — Ramon já estava nervoso com a demora.

— Um e-mail. De uma editora. Eles gostaram do original e querem conversar comigo sobre uma possível publicação.

— Mas isso é... — Ramon ficou extremamente feliz com a notícia. Envolveu Júlio em um abraço enquanto pulava comemorando. — Isso é incrível! Estou muito orgulhoso de você! Você mere... — Antes que Ramon pudesse terminar a frase, Júlio calou seus lábios com um beijo.

— Eu aceito. — Ramon olhou surpreso para o rosto do garoto. — Estou disposto a arriscar tudo para ficar com você.

— Você realmente acredita que pode dar certo? — perguntou Ramon.

— Um tempo atrás, acho que no ano passado, eu vi um vídeo que dizia que não podíamos nos fechar por medo de sofrer. — Ramon observava atentamente no fundo dos olhos de Júlio, tentando entender onde o garoto queria chegar.

— Que se a gente se trancar para evitar o sofrimento, podemos evitar que a felicidade também entre. — Júlio dizia enquanto colocava no pescoço o presente que ganhara. — A distância pode ser um problema ou nossos pais podem não aprovar. Muita coisa pode acontecer. Mas nunca saberemos se vai dar certo se não tentarmos. E enquanto estivermos dispostos a tentar, enfrentaremos todas as dificuldades.

— Como as borboletas, que enfrentam todas as fases até poderem voar — acrescentou Ramon.

— E, em todas as fases, ainda são borboletas, assim como sempre seremos você e eu. — Uma voz na caixa de som anunciou a última chamada para o embarque. — Agora é melhor correr para não perder o ônibus.

— Eu bem que gostaria de perder esse ônibus. Mas algo me diz que muitas oportunidades de nos vermos novamente irão surgir... — Ramon deu um beijo de despedida em Júlio. — Se cuida, meu autor!

— Você também... E boa viagem!

Suas mãos se soltaram e Ramon caminhou em direção ao ônibus que já estava com o motor ligado. Mesmo triste por estar indo embora, sentia-se leve. Porque aquela poderia ser uma despedida, mas definitivamente não era o final da história dos dois.

Este livro foi composto nas tipologias Century
Schoolbook. E impresso em papel off-white no Sistema
Cameron da Divisão Gráfica da Distribuidora Record.